ペイシェンス・
グレンジャー
主人公
年齢 11歳　身長 148センチ
グレンジャー子爵家の長女で生活魔法が使える。
弟ラブの才女。
前世の記憶を活かした一言で夏の離宮でハプニングが!?
JN091466
アルバート・
ラフォーレ
ラフォーレ公爵の次男
年齢14歳　身長170センチ
音楽が大好きでペイシェンスのことを「女神」と称え、慕っている。
異世界に来たけど、生活魔法しか使えません 2
Reborn in another world, all I know is daily-life spells.

リチャード・ローレンス
ローレンス王国の第一王子
年齢 16歳　身長 178センチ
王立学園の学生会長→卒業して大学生に。
兄弟思いでしっかり者。
キース・ローレンス
ローレンス王国の第二王子
年齢 11歳　身長 167センチ
王立学園では騎士クラブに入部。
古典が苦手。
夏の離宮でペイシェンスと過ごす。
マーガレット・ローレンス
ローレンス王国の第一王女
年齢 13歳　身長 158センチ
音楽クラブに入部。
ペイシェンスを側仕えにし、信頼する。

異世界に来たけど、生活魔法しか使えません 2

Reborn in another world, all I know is daily-life spells.

Rika
梨香
ill.HIROKAZU

これまでの話

私はペイシェンス・グレンジャー。ある朝、起きたら貧乏子爵家の令嬢に転生していたのだ。

日本のごく普通のＯＬだったのに、貴族の令嬢に転生？　お貴族様の優雅な生活を一瞬夢見たけど、グレンジャー子爵家はとっても貧乏で、寒い冬なのに、暖炉に火も少ししかついていなかった。

ローレンス王国の王都ロマノに屋敷だけは立派なのが建っているけど、どうやら父親のグレンジャー子爵が王宮勤めをクビになっているから、こんなに貧乏みたい。

元のペイシェンスは肺炎を拗《こじ》らせて亡くなったみたいなのだけど、色々とアドバイスしてくれるから、なんとか怪しまれずに暮らせたよ。

それに、グレンジャー子爵家には、とても可愛《かわい》い八歳のナシウスと六歳のヘンリーという弟がいるんだ。本当に賢くて、マジ天使！

あっ、そうそう、私は、一〇歳に若返ったんだよ。

それと、教会で能力判定してもらい、私は生活魔法が使えるとわかったんだ。

私が住んでいるローレンス王国は、大陸の西にあって、王都ロマノには立派なエステナ教会がある。

まぁ、父親は信心深くないのか、元ペイシェンスの記憶にも、教会に行ったのは母親の葬式の時しかない。

ただ、生活魔法って、庶民でも使える人が多いんだよね。だから、なんとはなく肩身が狭い気がするよ。

でも、これしかないんだから、生活魔法で生活を改善しなくちゃね。

だって、オマルはないよ！　まずは、トイレを使えるようにしたい。

そして、お掃除！　貴族なのに家にはメアリーしかメイドがいないんだ。頑張っているけど、限度があるよね。

「綺麗《きれい》になれ！」

子ども部屋で初めて生活魔法を使った時、古びた壁紙や絨毯《じゅうたん》やカーテンが新品同様になったんだよね。

かなり魔力を持っていかれて、フラフラになっちゃったけどさ。

それからは、親戚からお下がりの王立学園の制服を新品同様にしたり、庭の壊れた温室を直したり、かなり生活改善に励んだよ。

だって、転生して一か月後には、王立学園に入学しなくちゃいけないみたいだったから。

その上、普通のロマノで住んでいる貴族は通学なのに、寮生活なんだよ！　何故《なぜ》かって？　貧乏で馬を飼っていないからだ。

はぁ、貧乏って嫌だね。可愛い天使たちと別れ寮生活なんだから。しくしく！

王立学園の寮に入る日、馬車が渋滞していた。

今までは、横の王宮から通っていた王子様や王女様が寮に入られることになって、家具を持ち込んでいたんだ。

考えてみたら、この時から私の苦労が始まった気がするよ。

同じ初等科一年Aクラスには第二王子のキース王子がいたんだ。

王立学園の初等科の勉強内容は、前世の中学校程度。とはいえ、こちらの文字とか歴史とかはペイシェンス頼みなんだけどね。

グレンジャー子爵家は、学問の家らしく、ペイシェンスも頭脳明晰《めいせき》で、一週間で学年飛び級したよ。

これで、キース王子のライバル視線から逃れられると思ったけど、キース王子も合格した科目も多くて、あまり飛び級した甲斐《かい》がなかった。

その上、王妃様から初等科三年のマーガレット王女の側《そば》仕えに選ばれてしまった。

はっきり言って迷惑！　寮でも靴下のかけつぎや、ハンカチにレースを付ける内職をする予定だったからね。

マーガレット王女の側仕えになったので、一緒に食事をするのだけど、朝、苦手だなんて聞いてなかったよ。

毎朝、起こして、髪の毛を整えて、寮の食堂で朝食！　でも、これは良いんだよ。問題は上級食堂《サロン》での昼食だ。

側仕えになるまでは、下の学食で食べていた。Aクラスの学生は、上級貴族ばかりだから、有料の上級食堂《サロン》で食事するみたいだけど、貧乏なグレンジャー家には、そんなお金はないからね。

マーガレット王女は言い忘れたのか、わざと言わなかったのか、キース王子が野菜を残さないように、リチャード王子とマーガレット王女と一緒のテーブルで見張りながら食べるのだ。

キース王子って悪い子じゃないんだけど、リチャード王子をたびたび怒らせるから、私とマーガレット王女で気を逸《そ》らしたり、大変なんだよ。

あと、マーガレット王女は、大の音楽好きだ。

私も、推薦者がいないと入れない音楽クラブに入らされた。

ここで、少しやらかしちゃったんだ。前世の音楽家が作った名曲を披露したら、アルバート副部長に目を付けられたんだよね。

マーガレット王女とアルバート副部長は、私の顔を見ると「新曲は作ったの？」と聞くんだよ。

まぁ、それでも、なんとか春学期は終わった。

「夏休みは、裏庭の畑でいっぱい野菜を作るわ！　それと内職もしなくては！　でも、弟《エンジェル》たちとも一緒に遊びたい」

成績は問題ない！　王立学園では一年に一度しか飛び級できないから、三年にはなれないけど、数学と魔法実技と家政科と音楽と魔法学は修了証書をもらったよ。

私は、夏休みに弟たちと何をしようか、わくわくしていたけど、王妃様に夏の離宮に招待されたのだ。

断ってはいけないの？　異世界では父親の権限が強い。でも、名誉なことだと喜んでいるから、行かなきゃいけないみたい。

それからは、メアリーと親戚からもらった古いドレスを新品同様にしたり、サイズ直しをしたり、大忙しだった。

やっと荷物を纏《まと》めた時には、クタクタで、弟たちとの時間がサイズ直しで邪魔されたのに悲しみしか感じていなかったよ。

第一章　夏の離宮へ

朝、王宮からお迎えの馬車が着いた。

「ナシウス、ヘンリー、元気でね」

王宮からの迎えの馬車から、見送りの弟たちに手を振る。メアリーに叱られるので、窓から身は乗り出せず、すぐに見えなくなる。

後ろ髪を引かれるって、本当に今の私の気持ちだよ。

「皆様の馬車とは南門で合流する予定です」

この馬車にはシャーロット女官も乗っていた。でも、ビクトリア王妃様やマーガレット王女が一緒じゃないから気楽だ。

シャーロット女官は、一筋も乱れなく髪を整えているし、黒い絹の女官服をきっちりと着ている。

でも、王妃様に呼び出されて、マーガレット王女と王宮に行き、シャーロット女官とは何回か会っているから、前ほどは緊張しないんだよね。

「私は王都から出たことがないのです」

ペイシェンスの記憶にも王都以外はない。というか、母親の葬式で教会に行った以外、屋敷の外に出たことがない。本当の箱入り娘だ。

シャーロット女官は、ロマノの貴族ならあり得ると微笑《ほほえ》む。

「では、ペイシェンス様は海も見たことがないのですね。夏の離宮は、海の近くにあるのですよ、楽しみですね」

そう、楽しみだ！　海に近いなら魚も美味《おい》しいだろう。弟たちと別れるぐらいなのだから、少しぐらい楽しみがなくてはやってられないよ。弟たちに綺麗な貝殻を拾ってお土産《みやげ》にしようなどと考えているうちに、貴族街を抜けたようだ。

「メアリー、店があるわ」

何軒も店があるが、朝早いので開店はしてない。でも、服や小物の店らしい看板を見つけた。

「お嬢様、ロマノにはあらゆる店がございますよ。さぁ、キチンとお座り下さい」

窓に顔を近づけただけで、メアリーに注意された。ビクトリア王妃様と一緒に夏の離宮に行くので、メアリーのマナーチェックが厳しくなっている。共犯者の時は緩くなっていたのにさぁ。

アップタウンは、前世のパリのアパルトマンみたいな立派な建物が並んでいた。

私の家から南門への目抜き通りを、どんどんと馬車は進み、段々と家が小さくなり、少しゴミゴミした雰囲気になる。

貴族街やアップタウンは、まだ人けがなかったのに、下町には色んな格好をした人が歩いていた。

大きな剣を背負った男の人や、荷馬車から荷物を下ろしている商人。とても活気がある。

「あっ、屋台があるわ」

朝早くから働く人の為《ため》に屋台が開いていた。

「あれは冒険者たちですわ。ギルドで仕事を受けて、腹ごしらえしてから門を出るのでしょう」

冒険者ギルド！　異世界らしいワードだよ。何か掃除とかのバイトないかな。生活魔法はかなり得意だから、パパパッと綺麗にできるのになぁ。

でも、メアリーの令嬢基準が厳しくて、店すら行けないのに、無理だよね。

「シャーロット様は色々とご存じなのですね」

本当にペイシェンスは世間知らずだし、私も異世界については学園で習ったことしか知らない。

「一応は女官試験に合格しましたから」

女官試験ってあるんだね。チェックしとこう。異世界での女性の働き場所は少ない感じだ。特に、貴族の令嬢は結婚するのが普通みたい。グレンジャー家には持参金はない。まぁ、持参金がなくても嫁にはいけるよ。例えば、貴族の名前が欲しい成金とか、前妻に死なれて子どもを育てる女手が欲しい寡夫とかね。私もペイシェンスも嫌だ！

「あのう、文官コースを選択したいのですが、何か有利になりますか？」

折角、現役の女官と同じ馬車なのだ。質問しておこう！

本来なら、父親に聞いたら良いのかもしれないけど、生活能力ゼロだからね。

「まぁ、文官コースを選択されるのですか？　私は家政コースを選択して、法律と行政などの単位を取りました。文官コースを卒業した学生は下級官僚試験を受けて官僚になりますが、女性はどうなのでしょう。女官試験には合格できるでしょうが」

女性の官僚はいないようだ。私ががっかりしていると、シャーロット女官が励ましてくれた。

「でも、女性の騎士もいらっしゃいます。特に、女性王族の警護などで活躍されています。だから、今は女性の官僚はいなくても諦めないで下さい」

そんな話をしているうちに南門に着いたようだ。まだ王宮の馬車は着いてないけど、何人もの騎士たちが既に整列していた。

「あら、ユージーヌ卿《きょう》ですわ。先ほど、話していた女性騎士ですの」

いつもは冷静なシャーロット女官が浮ついた感じになるのも無理はない。ユージーヌ卿は、とっても素敵だった。前世の少女歌劇団のトップスターのように輝いている。

この異世界に来てから、女の人はほぼ全員が長髪だ。でも、ユージーヌ卿は肩までで切り揃《そろ》えている。胸当ての金属が朝日に光っていて神々しいよ。

「とても素敵な方ですね」

「そうでしょ、それにとてもお強いのです。騎士クラブの試合で優勝されたのですよ」

騎士コースを選ばれたのだと、騎士だから当たり前だけど驚いた。側に大人しく立っている馬も捕まえられない私には無理だね。

「ユージーヌ卿がいらしているなら、王妃様方もすぐにお着きになりますわ」

シャーロット女官に言われ、馬車から降りて到着を待つ。

「南門って大きいのね」

高さもだが、幅が凄《すご》い。こちらの世界では戦争が些細《ささい》なことで起こる。幸いローレンス王国は、この十数年は国境線での小競り合いしかしていないけど、有事に備えているのかもね。

『きょろきょろしないで下さい』

メアリーが無言で袖を引っ張る。昨日やっと出来上がった薄いグリーンの夏らしいワンピースだ。

襟や袖口、裾には、生活魔法で作った白いレースの縁飾りを付けてある。ハンカチと違って縫いつけるのが長くて大変だった。特にスカートの裾は終わりが来るのか不安になったよ。だって少しペチコートで膨らませているから、裾が凄く長かったんだ。

髪にもメアリーが共布で作ったリボンを編み込んでいる。メアリーが朝から気合を入れて身支度してくれたんだよ。

つまり、凄く朝早くから起こされたの。真面目に突っ立っているの、退屈で少し眠い。かなり待っているんだけど、まだかかな？

「少し遅れたようですが、お見えになったようですわ」

騎士に先導された馬車が何台も連なっている。私、来なくて良いんじゃない？　って思うほどの馬車行列だ。

先頭の馬車が停《と》まったので、お辞儀をしたまま、頭を上げずに待つ。

「ペイシェンス、よく来たわね。さぁ、出発しなさい」

これで出発かと思ったが、マーガレット王女が王妃様にねだっている。

「私はペイシェンスと一緒に乗りたいわ」

えっ、私はシャーロット女官とメアリーとが気楽で良いのに。

「仕方ないわね。側仕えと一緒に乗りたいのなら良いでしょう」

マーガレット王女がお淑《しと》やかに降りてきた。

「ペイシェンス、一緒に乗りましょう」

王妃様が許可されたのに断れるわけがない。四人の馬車の道中では、シャーロット女官とメアリーは口を開かない。つまり、マーガレット王女と私しか会話しないのだ。

「ペイシェンスが来てくれて本当に良かったわ。お母様がとてもご機嫌が悪いの。同じ馬車だと息も詰まってしまうわ」

文句を言うマーガレット王女の髪はお世辞にも整えられているとは言えない。一応はリボンで括《くく》られているが、髪先には寝癖がついたままだ。王宮には何人も女官や侍女がいるはずだよね。

「まさか、寝坊されたのですか？」

マーガレット王女は、自分でリボンをほどくと、髪をどうにかしてと、突きつける。

「だって、王宮のメイドはペイシェンスのような起こし方をしてくれないのよ。起こし方が悪いのに、私がお母様に叱られたの」

どうやら私が甘やかしてしまったようだ。反省しなくてはいけないが、まずは髪だ。昼食までにキチンと整えなくてはいけない。

王妃様は側仕えと一緒に乗りたいなら仕方ないと許可されたのだ。言葉に含めた意味はわかるよ。

「メアリー、ブラシは持っている？」

侍女の見本のメアリーは手提げにブラシを入れていた。本当はメアリーの方が髪を整えるのは上手だが、王宮のメイドのプライドを潰すことになる。マーガレット王女の側仕えがするのは良いとペイシェンスの許可も出た。

「綺麗になれ！」と生活魔法を唱えると、寝癖も直り、艶やかな髪になった。

「簡単な髪型しかできませんよ」

ブラシでハーフアップにして、リボンでとめる。これでは私の髪型の方が派手だ。メアリーが張り切ったせいだ。

下ろしてある髪の毛を指先に巻きながら「カールになれ」と生活魔法を何度も唱える。学友のキャサリンのような巻き髪になった。あそこまでドリル髪ではないけど、良い感じだと思う。

「鏡はある？」

メアリーは黙って私に鏡を渡す。それを私がマーガレット王女に渡す。私の侍女が直接渡すのは駄目だそうだ。面倒くさいね。

「あら、素敵じゃない。今度からはこの髪型にしてね」

「時間がありましたら、そうします」

朝起きるのがぎりぎりじゃなければね。

「ねぇ、どこで昼食なのかしら？」

女官のシャーロットに向かって質問する。こんな時は口を開いて良いようだ。

「ラフォーレ公爵の屋敷で昼食の予定でございます」

どこかで聞いたことがある名前だ。

「あら、アルバートの屋敷で昼食なの。ペイシェンス、気をつけなさい。ラフォーレ公爵は、息子に輪をかけて音楽愛が深い人物です。絶対に私の側から離れてはいけませんよ」

メアリーの顔が青ざめている。

「アルバート様は音楽クラブの副部長をされるぐらい音楽愛が深い方なだけです」と安心させる。

「あら、あれは音楽への愛を通り越しているわ。ペイシェンス、そんなに呑気《のんき》だと、ラフォーレ公爵の屋敷に監禁されてしまうわよ。ラフォーレ公爵は新曲発表会でも拍手喝采して目立っていたでしょ」

あっ、興奮して立ち上がっていた保護者がいた。そういえば豪華な衣装だったね。

「わかりました。マーガレット王女の側を離れません」

朝食抜きのマーガレット王女の機嫌が悪くならないうちに着けば良いなと願う。

「とても退屈だわ。こんな時にリュートが弾ければ気が紛れるのに。ペイシェンス、夏の離宮にはジェーンやマーカスの為に家庭教師も同行しています。貴女《あなた》は、ハノンは上手だけれど、リュートは弾けないわ。音楽教師に習いなさい」

それくらいは良いと思っていたら、次々と付け加えられる。

「ダンスも苦手だと言っていましたね。音楽が得意なのだから、リズム感は良いはずよ。青葉祭《あおばさい》でも上手《うま》く踊っていたわ。あと少し上達すれば、修了証書も取れるでしょう」

確かにダンスも修了証書がもらえたら自由時間が増えるなんて考えていた私は間抜けです。

「私は春学期でダンスの修了証書をいただいたから、貴女が免除になれば、その時間、音楽が楽しめるわ」

それは勘弁してほしい。

「私は中等科に飛び級しなくてはいけませんので、その時間は勉強に充てたいのです」

全く相手にされなかった。

「何を言っているの。貴女は数学も修了証書をもらったし、ほぼ実技は免除でしょ。私が免除の時間ぐらい側仕えとして音楽を共にしても良いはずですわ」

ダンスの特訓が決まったようだ。

「あっ、そういえばキースが馬を捕まえられないと言っていたわね。もしかして、乗馬ができないとかないでしょうね？」

キース王子め！　余計なことを。

「私は、乗馬はしたことがありません。したいと思ったこともありません」

きっぱりと断る。けど、無駄だった。

「まぁ、乗馬ができなかったら、狩りに招待された時に困るでしょう。夏休み中に乗れるようにならなくてはね」

狩りに招待されないし、されても馬がいないから行けないよ。とは言えないんだね。乗馬なんか前世でもしたことない。落馬して死ななきゃ良いけどね。

「狩りとは何を狩るのでしょう？」

「本当に狩るわけではないわ。それは騎士か魔法使いに任せましょう。乗馬して、遠乗りするのがメインよ」

遠乗り、嫌な感じしかしない。馬に長い時間乗っているってことだよね。はぁ……。

マーガレット王女の空腹からの嫌がらせを、シャーロット女官とメアリーは口を一文字に閉ざして聞いていた。

私？　私は話半分で聞いていたよ。リュートとダンスの練習はさせられるだろうけど、乗馬は少しだけだと思う。だって音楽愛の溢《あふ》れるマーガレット王女は、ハノンの連弾曲とかで買収できるもの。モーツァルトの『二台のピアノの為のソナタ』、覚えているかな？

マーガレット王女のお腹《なか》が鳴る前にラフォーレ公爵家の屋敷に着いた。

いや、マジにでかいよ。屋敷の門からどれだけ走ると着くのかなと笑うほど、遠かった。よく東京ドーム何個分とかテレビで言っていたけど、一〇個は入りそう。

「まぁ、子鹿だわ！」

可愛い子鹿だと思ったけど、木立の奥にいる親鹿は私が考えている鹿の三倍の大きさだ。

「あれは観賞用に放しているのでしょう」

それってありなんだね。

「庭の花とか食べないのかしら？」

マーガレット王女が呆《あき》れた。

「それは管理人が考えているわ。それに、あれは魔物ではない普通の鹿だから、半分ペット化しているのではないかしら？」

魔物でない鹿？　ということは、魔物の鹿もいるってこと？

「魔物と魔物でない動物は、どこが違うのでしょう？」

マーガレット王女は少し考えて答えた。

「大きさが全然違うわ。それと、魔物は魔石を持っていて、魔法で攻撃してくるじゃない。ペイシェンスは賢いのに、こんなことも知らないの？」

元ペイシェンスも知らなかったよ！　私は勿論《もちろん》、知らない。

そんな話をしているうちに、屋敷に着いた。

「ようこそお越し下さいました」

あっ、やはり新曲発表会で目立っていた保護者がラフォーレ公爵だった。

わぁ、凄い数の使用人だね。英国ドラマとかで見る、勢揃いしたお出迎えだ。

王妃様にラフォーレ公爵家の一人一人が挨拶している。アルバートの上には兄上もいるんだね。嫡男のチャールズは短髪でキビキビしている。タイプが違う兄弟だね。アルバートも王妃様に礼儀正しく挨拶している。

その後は、リチャード王子、マーガレット王女、キース王子に挨拶していく。あれっ、陛下はお留守番なのですか？　少し気楽になったよ。

ここでも、一〇歳までのジェーン王女とマーカス王子は家庭教師たちや子守りたちにさっさと屋敷の中に連れていかれたよ。私も子ども部屋で食べたいな。

「こちらがペイシェンス・グレンジャーです。私の側仕えです」

マーガレット王女に紹介されて、お淑やかに挨拶する。

「ペイシェンス・グレンジャーです」と挨拶すると「どこかで見たな？　どこだったかな？」ラフォーレ公爵が首を傾《かし》げている。

「ラフォーレ公爵、エスコートして下さらないの？」

「失礼いたしました」ラフォーレ公爵は屋敷に王妃様をエスコートして入っていった。

リチャード王子とキース王子は、チャールズと話しながら屋敷に入る。マーガレット王女と私の相手はアルバートだ。同じ音楽クラブだからかな？

「ペイシェンスにリュートを習わせようと思っていますの」

「リュートを習うのは良いことだ。作曲の幅が広がるからな」なんて二人は意気投合している。

「ペイシェンス、夏の離宮には音楽教師も同行しているだろうから、しっかりとリュートを練習するのだぞ」

グレンジャー家には家庭教師もいないのに、音楽教師もいるのが普通なんだね。まぁ、王家や公爵家と比べるのが間違いだよ。

護衛の騎士たちも一緒に食事を取るのかな？　と思っていたが、馬車の警護をしながら順番に食べるみたい。別の部屋に用意されているようだ。

ラフォーレ公爵家も大変だね。警護の騎士や女官やメイド、家庭教師、子守り……何人いるんだろう。

各々、案内された部屋で少し休憩して昼食を取る。馬車にはガラス窓が嵌《は》めてあるし、街道は石畳だけど、夏なので暑いから少し窓は開けているので埃《ほこり》がやはりね。

メアリーが水差しから、洗面器に水を注いでくれるから、それで手と顔を洗ったらさっぱりしたよ。

それと部屋のトイレにもちゃんと魔石があって水洗なんだ。何か所、トイレがあるのかな？

グレンジャー家には二階と一階と半地下の三か所しか使えるトイレはない。父親のメイン寝室にはあるみたいだけどね。

「綺麗になれ！」

ドレスも少し埃を被った気がするから、生活魔法で綺麗にして、私は下の食堂へ向かった。

食堂では、私はお淑やかにマナー通りに食べるだけだ。

うん、美味しい。豪華な食事に満足していたが、やはりデザートは砂糖じゃりじゃりなんだね。残念！　音楽好きなラフォーレ公爵らしく食事中に生演奏もあったよ。それも会話を邪魔しない程度の良い感じの演奏。

常に楽師を雇っているのかも？　音楽プレイヤーとかないから、音楽を聴くには生演奏しかないんだけど、贅沢《ぜいたく》だね。

「美味しかったですわ。それに素敵な演奏でした」と王妃が感謝を述べて席を立つ。

全員が後に続く。馬車に乗ろうとした時、アルバートが余計なことを言う。

「ペイシェンス、夏休みに新曲をいっぱい作るんだぞ」

ラフォーレ公爵が「あの時の学生だ！」と騒ぎ出したが、ぎりぎりセーフ。馬車は出立したよ。

「アルバートときたら余計なことを……ペイシェンス、本当に気をつけてね」

マーガレット王女が大袈裟《おおげさ》に言って怖がらせているのだと思った。

「まさか。あんな立派なお屋敷に住んでおられるし、使用人もいっぱい雇っておられますわ。音楽家も雇っておられるのに」

「本当にペイシェンスは世間知らずなのね。まだまだ修業が必要ね」

ペイシェンスが世間知らずなのも、私が異世界知らずなのも確かだけど、マーガレット王女の口ぶりはそれだけではなさそうだ。奥歯に物が挟まっているように感じる。

「今日、いるべき人がいなかったでしょ」

ヒントをもらった。

「陛下はお留守番ですか？」

頓珍漢な答えだったようだ。マーガレット王女に爆笑されてしまった。

「お父様は一週間遅れていらっしゃるわ。そうではなくて、ラフォーレ公爵家でよ」

出迎えた人々を思い出す。

「あれ？　公爵夫人はお留守だったのですか？」

マーガレット王女に呆れられた。

「王妃が屋敷で昼食を取るのに、夫人が生きていてお出迎えしないなんてあり得ません。病気だとしても這《は》ってでも出てきます。だから気をつけなければいけないのよ」

一瞬、マジで何を言われているのかわからなかった。

「ええええ、もしかして、ラフォーレ公爵の後添えになるってことですか？　父より年上に見えますが……あり得ないでしょう」

私は、オジサン趣味はない！　それにまだ一〇歳なのだ。年の差いくつ？　あれ、二〇数歳差とかあり得るの？　でも、私はショタコンだから無理！

「アルバートの義母になりたくなければ、絶対にラフォーレ公爵の側に行ってはいけませんよ」

本当に絶対に無理だから、真剣に頷《うなず》いた。ペイシェンスも『無理！』と叫んでいる。

「あとアルバートにも注意しなさい。ラフォーレ公爵は義理の娘にしようと考えるかもしれませんよ。まぁ、それは私が許しませんけどね」

ラフォーレ公爵には手が出せないが、アルバートぐらいは撃破できると微笑む。

恐ろしいよ。やはりマーガレット王女はビクトリア王妃様の娘なのだと感じた。寝坊だし、無類の音楽好きだけどね。

マーガレット王女の精神攻撃に撃沈したが、一〇歳の肉体に引っ張られたのか立ち直りは早い。そう、近頃だんだんと若くなっている。精神的にだよ。二回も思春期を体験するのは嫌なんだけど……ああ、前世の失敗の数々を思い出したよ。

気分が乱高下しているのも思春期の傾向かもしれない。ああ、なんでこんな馬鹿なことを考えているのか？　キース王子が馬車に乱入してきたからに決まっているじゃん。

「マーガレット姉上、何故リチャード兄上が怒っているかわからないけど、一緒の馬車には乗っていられません」

昼食後、途中で休憩の為に馬車が停まった時に強引にキース王子が乗り込んできたのだ。今、シャーロット女官は怒れるリチャード王子と同じ馬車なんだ。お気の毒様だよ。

「キース、前から言おうと思っていましたが、貴方《あなた》は人の気分を悪くする発言が多いわ。リチャード兄上は特に失言に反応しやすいから気をつけるように」

そう、その通りだよ。でも、機嫌が悪くなったキース王子をどうにかして下さいよ。

ぷん、ぷん！　と不機嫌なオーラを馬車の中で撒《ま》き散らしている。マーガレット王女に直接は文句は言わないけど、不満なのをあからさまにしているんだ。

魔法のある世界だからか、気分の圧も強いし、魔法を感じ取る能力もあるので、不機嫌をダイレクトに受け取ってしまう。

マーガレット王女も、狭い馬車の中で不機嫌なオーラを振り撒かれてうんざりしている。

『なんとかしなさいよ！』目で私に指図してくる。えっ、私にふるのやめて。

「マーガレット様、夏の離宮は海に近いと聞きましたが、私は海を見たことがないのです。本当に見渡す限り水がいっぱいなのですか？　それに海の水は塩辛いのも本当なのですか？」

無邪気な一〇歳児のふりをするのは、精神年齢二五歳にはキツいよ。

「お前、海を見たことないのか？　もしかして泳げないのか？」

私を小馬鹿にしてキース王子の気分は浮上したが、そういうところを直さないとまたリチャード王子の逆鱗《げきりん》に触れるよ。

「あら、ペイシェンスは泳げないの。それはいけないわ。キース、教えてあげなさい」

マーガレット王女は、キース王子が不機嫌なオーラを振り撒かなくなって、上機嫌だ。

「ええ、姉上。ジェーンでも泳げるのだぞ。それに水に落ちた時、泳げなかったら死ぬぞ」

張り切ったキース王子に水泳を習うのは避けたいが、前世で泳いでいたからなんとかなるでしょ。

「おっ、海の香りがしてきた。ほら、ペイシェンス、海が見えるぞ！」

メアリー、馬車から身を乗り出しても叱らないで。キース王子が悪いんだからね。

「ああ、あれが海ですか？　小さくないですか？」

「馬鹿だなぁ、まだ遠いから小さく見えるだけだ。どんどん近くなったら大きさに驚くぞ」

キース王子、私に海の自慢をして機嫌上昇ですね。良かったよ。

第二章　離宮の夏休み

馬車が海に近い街道を走る。ああ、海は大きいね。そのくらい知っているよ。でも、異世界の海は初めてだからさ。それに綺麗なんだもん。

澄んだ青い海が夏の日差しでキラキラしている。お魚さんもいるよね！

「そんなに見なくても海は逃げませんよ。ほら、着くわ」

海ばかり見ていたが、夏の離宮に目を向けて驚く。これは凄くデカいよ！

馬車の行列が停まり、王妃様が離宮の中に入る。勿論、私たちもそれに続く。メアリーは他の女官やメイドたちと、荷物と一緒に各自の部屋へと急ぐ。ジェーン王女やマーカス王子は、ここでも家庭教師や子守りと一緒なんだ。

部屋が整うまで、サロンで待つ。勿論、王妃様の部屋はすぐに整えられ、女官と部屋に向かわれた。

残されたのは機嫌が悪いリチャード王子と気分上昇したキース王子と、マーガレット王女だ。なんとかしろと私に目で指示するのは、やめて下さいよ。

「本当に海って広いのですね。でも、本当に塩辛いのですか？　あっ、だから塩は海で作っているのですね」

三人の呆れた目が向けられる。あっ、わざとらしかったですか？　一〇歳の無邪気な少女らしい発言で場を和ませたかったけど、失敗かな？

「ペイシェンス、塩は岩塩に決まっているでしょ。本当に世間知らずね」

マーガレット王女に叱られる。

「ええっ、海水を炊けば塩ができませんか？　岩塩も知っていますけど、海塩はまろやかで美味しいみたいですよ」

リチャード王子が食いついてきた。

「海水から塩が採れるなんて、どこで聞いたのだ？」

まずい！　異世界では岩塩オンリーなの？

「ええっと、それは……どこかで読んだ気がするのですが、違うのですか？」

キース王子に馬鹿にされた。

「塩はハルラ山の岩塩採掘場で採れるのだ。勉強はできても物知らずだな」

あっ、そうなんだね。ハルラ山は知らなかったよ。

「でも、ハルラ山で岩塩が採れるのは、昔、そこが海だったからでしょ。海が隆起して山になり、そこの海水が固まったからだわ。だから、海水から塩が作れるのですよ」

少なくとも前世の岩塩が取れる場所は、前は海だったと習った気がする。

私の発言をリチャード王子が真剣に考えている。

「そうか、海水は塩辛い。それを熱すれば水は蒸発して塩が残るのだな！」

えっ、やはり異世界では岩塩だけだったのですか？　海水塩がなかったの？　しまったな！

「ペイシェンス、実験してみよう」

まぁ、リチャード王子の機嫌が直ったので良いか、なんて簡単なものではなさそうだ。塩の専売とか国の利権だよね。莫大《ばくだい》な利益もありそうだけど、免職になったグレンジャー家なんて関わったら、吹き飛ばされちゃうよ。だから、ほんの少しアイディア料で良いから欲しいな。

ああ、お金が欲しい。夏の離宮では内職はできないんだよ。それに裏庭の畑もジョージ任せだし。

『そっか、塩を作って持って帰れば、少しは節約できるよね。保存食には塩も必要だもの』

国の為に塩を作ろうとしているリチャード王子と違いすぎてみみっちいけど、グレンジャー家は貧乏なんだよ。

マーガレット王女の部屋の用意ができ、王子たちも去り、やっとメアリーが呼びに来た。

「お嬢様、お待たせしました」

「そんなに急がなくても良いわよ。窓から海を眺めていたから」

そう、金の元になる海水を見ていたんだよ。少なくとも、グレンジャー家が使う塩ぐらいは作りたいな。問題はそれをどうやって持って帰るかなんだよね。衣装櫃《びつ》にどれくらい入るかな？

どうも私の悩みはちっぽけだ。異世界に来たのに、冒険もぼろ儲《もう》けとも縁がない。やはり生活魔法しか使えないからかな？

一番後になったので、メアリーに急がされて部屋に向かう。

「あっ、部屋からも海が見えるのね！」

開け放された窓から海を眺めていたら、メアリーにお風呂に入らされる。少しリゾート気分だったのにさ。ぷんぷん！

「晩餐《ばんさん》までに着替えなくてはいけません。お急ぎ下さい」

そっか、グレンジャー家でも夕食には着替えるのだ。夏の離宮でも着替えるのは当然だね。生活魔法があるから、髪を乾かすのも一瞬だ。「乾け！」の一言だよ。

「こちらを着て下さい」

メアリーが差し出したピンク色のドレスに見覚えはなかった。王妃様が用意して下さったドレスだ。

「なんか、高級そうなドレスね。でも、国王陛下がいらっしゃる日に着た方が良いのでは？」

メアリーは、その日も着れば良いと急がせる。

「頂《いただ》いたのに着ないのは失礼です」

ピンク色は前世ではあまり着たことがない。どちらかというとモノトーンが多く、差し色に青ぐらいだった。

「お似合いですわ」

メアリーは欲目が凄い。けど、ペイシェンスには似合っていると思う。冬よりは少しだけガリガリでなくなったからね。なかなか可愛いんじゃないかな？

私ならピンク色のドレスなんか選ばないけど、ペイシェンスは金髪だからよく似合う。これからは、髪の毛の色の違いとかも考えてドレスを選ばないといけないのかも。まぁ、当分はお古のドレスを新品同様にして、サイズ直しだから関係ないけどね。

それにしても脂肪は付けたくないけど、もう少し筋肉はつけたいな。まだ痩せすぎているよ。水泳、頑張ってみよう。マーガレット王女、乗馬は忘れてくれないかな？

メアリーに急がされて、食堂の前の部屋へ入ったけど、誰もいない。

『もう、早すぎるよ！』

離宮の窓からの景色と、小さいけどゴージャスな風呂をもっとのんびり楽しみたかったよ。なんて内心で愚痴っていたら、キース王子とリチャード王子が来たよ。

へぇ、なんか格好いいね。さすが、王子様だ！

なんでキース王子はそんなに照れているの？　私の賞賛する視線を感じたのかな？

「ペイシェンス、お前もそんな格好をしたらまぁまぁ見られるな」

折角、格好良いと思ったけど、中身はお子様だね。まぁ、私はショタコンなので、そんなお子様も微笑ましく思うけどさ。

「キース、失礼だぞ」

ほら、リチャード王子の注意が入ったよ。

「いえ、キース王子が褒めて下さったのはわかっています」

晩餐前にリチャード王子の気分が悪くなるのは避けたいからね。ちゃんとフォローしたのにキース王子はブツブツ言っている。もう、それをやめないから、大好きな兄上を怒らせるんだよ。

おお、良いタイミングでマーガレット王女が部屋に入ってこられた。リチャード王子とキース王子も立ち上がって出迎える。

ほら、キース王子も礼儀正しくできるんだよ。それをリチャード王子の前でキープすれば、怒らせることが少なくなるよ。

「マーガレット様、とてもお綺麗ですわ」

巻き髪が気に入ったマーガレット王女は、メイドに綺麗に髪を整えてもらっていた。目

と同じグリーンに似合うドレス、それも裾が長い。そうか、もう一三歳になられるのだ。昼は膝下の丈だけど、夜のドレスアップした姿はすっかりレディだね。

「ありがとう、ペイシェンスも似合っているわ」

マーガレット王女も女社会のルールに従う。褒められたら、褒め返すのがルールだよ。

「王妃様にいただいたドレスです。嬉《うれ》しいですわ」

まぁ、ドレスは嬉しいよ。でも、家で弟たちと過ごせる方が幸せだけどね。それは口に出してはいけないのだ。


王妃様が来られた。リチャード王子とキース王子も立ち上がるし、マーガレット王女も私もね。

「さぁ、夕食にしましょう」

今夜は陛下はいないので、リチャード王子がエスコートする。マーガレット王女はキース王子が、私は一人で大丈夫だよ。

晩餐って緊張するね。リチャード王子やマーガレット王女やキース王子とは上級食堂《サロン》で毎日食べているのに。やはり着飾っているのと、ビクトリア王妃様の存在が大きい。

「ペイシェンスは魚が好きだとマーガレットから聞きましたわ」

「はい、ロマノではあまり魚は食べる機会がありませんから、夏の離宮に誘っていただき嬉しいです」

あっ、キース王子が魚なんか嫌いだと言いそうだ。うん、近頃、キース王子の失言センサーが働くようになったんだよ。

「王妃様、このドレス、ありがとうございます」

お願いだから、口を閉じておいてね。リチャード王子の機嫌ぐらいなんとかなるけど、王妃様を怒らせないで。少なくとも私の前では。

「ペイシェンス、よく似合っていますよ」

これで晩餐中の私の会話は終了。あとは食べるのに集中しよう。

前菜は、な、なんと海老と雲丹《うに》っぽいもののゼリー寄せだった。美味しいよぉ。これ、雲丹だよね。ペイシェンスの記憶をググっても名前は出てこない。食べたことないんだね。

王都ロマノは内陸だし、冬場は魚も運ばれてくるけど、きっと高価だろう。貧乏なグレンジャー家では食卓に魚介類は上らないのだ。

「本当にペイシェンスは美味しそうに食べますね」

王妃様に褒められたんだよね。呆れられたんじゃないと思いたい。

「ええ、初めて食べましたが、こんなに美味しいものがあるとは知りませんでした」

キース王子が嬉しそうに名前を教えてくれる。偉そうにするのが大好きだもんね。お子様だもの。

「このピンク色のは、ケイレブ海老だ。オレンジ色のもやもやしたのは、馬糞《ばふん》雲丹だ。名前も酷《ひど》いが……」

さすがにキース王子もビクトリア王妃様の厳しい視線に気づいて口を閉じた。馬糞雲丹、前世と同じ名前なのか、異世界言語で翻訳されているだけなのか、そんなこと考えてないよ。海老も雲丹も大好物だったんだもん。キース王子の残した雲丹も食べたいぐらいだよ。

魚介類のスープも魚のポアレも美味しかった。冬には何度か上級食堂《サロン》のメニューにのったけど、暖かくなるにつれて見なくなった。ロマノは内陸だもんね。キース王子はスープも魚も残していた。やれやれ！

美味しい晩餐だったけど、やはりデザートはイマイチだ。でも、果物もあるからそっちを食べるよ。

「本来なら紳士方をここに置いて、私たちだけがサロンに移るのですが、一緒に行きましょう」

あっ、サロンにはハノンがあったよね。嫌な予感しかしないよ。

やはり、王妃様とマーガレット王女にハノンを弾くようにと言われた。

夏の夜に相応《ふさわ》しいセレナーデを弾くよ。

「まぁ、新曲ね！」

そうだったかな？　どれを弾いたか、曖昧になっているから、チェックノート付けなきゃね。

「ペイシェンスは、本当に音楽の才能が豊かね」

王妃様にも褒めてもらえたから、これで私の仕事は終わりだ。

あとは、家族団欒《だんらん》してほしいから、部屋に戻っても良いかな？　なんて思っていたけど、駄目なんだね。

大人しく聞いているけど、朝が早かったから、少し眠たくなった。

「ペイシェンスは眠たそうね。もう、おやすみなさい」

えっ、なるべく眠たそうな様子はしないようにしていたけど、バレちゃった？

「ありがとうございます。ロマノから出たのは初めてですから、少し興奮して疲れたみたいです」

部屋に戻って、寝巻きに着替えたら、あっという間に寝ていたよ。


「お嬢様、起きて下さい」

いつもよりも早い時間にメアリーに起こされた。豪華なベッド、それに見知らぬ調度品、ああ、夏の離宮にいるんだ。

自分の身支度をメアリーに手伝ってもらってから、マーガレット王女を起こしに行く。

昨夜、ビクトリア王妃様から「ペイシェンス、マーガレットを朝食に遅刻させないでね」と言われたからだ。やれやれ！

私は昨日のうちにマーガレット王女の侍女ゾフィーに紅茶を用意するように伝えておいた。

「マーガレット王女、起きて下さい」

ゾフィーとシャーロット女官、二人がかりで起こしているが、マーガレット王女は熟睡中だ。

「起きて下さい」生活魔法で血液の循環を促しながら起こす。

「おはようございます」

やっと起きたマーガレット王女に、ゾフィーが淹《い》れた紅茶を差し出す。

「やはり、ペイシェンスは起こすのが上手だわ。誰か生活魔法の上手い女官を知らないかしら？」

紅茶を飲んだマーガレット王女に「綺麗になれ！」と生活魔法をかける。これから先はゾフィーに任せて大丈夫だろう。

「先に食堂へ行っています」

部屋を出ると、シャーロット女官に捕まった。

「ペイシェンス様、どうやってマーガレット王女を起こされたのですか？」

「生活魔法です。私はそれしか使えませんから」

少し変な生活魔法だけどね。あっ、でもマーガレット王女のお目覚め係は辞めたい。

シャーロット女官もかなり必死だ。土日、起こすのに手こずっているのだろう。

「私も生活魔法が使えますが、あのようなことはできません。どうか教えて下さい」

シャーロット女官には頑張って起こしてもらいたい。

「生活魔法はなんでもできるとジェファーソン先生は言われました。だから、シャーロット様も頑張ればできますよ。マーガレット王女が朝起きるのが苦手なのは、低血圧だからだと思います」

あっ、シャーロット女官はわかってないみたいだ。目が泳いでいる。異世界では低血圧はないのかな？

「ええっと、冷え性の女性が寒い日に足先や手先が冷たくなって動かしにくくなるのと似ています。寝ている間に血の流れが悪くなるから、目覚めにくいのです。だから、その血の流れを良くするように生活魔法をかけるのです」

シャーロット女官は「血の流れを良くする？」とまだ理解できていない。

「生活魔法でなくても血行は良くできます。熱い蒸しタオルで、脚をマッサージしても目覚めを促せるでしょう」

やっとシャーロット女官が明るい顔をする。

「ああ、それなら用意できます。脚をマッサージすれば良いのですね。舞踏会で踊り疲れた令嬢とかに侍女がよくしていますから、ゾフィーも慣れているでしょう」

ぜひ、頑張って下さい！　これで起きられるようになれば、マーガレット王女の目覚め役から解放されるよ。

「おはようございます」

朝食の席に、マーガレット王女もちゃんと間に合った。満足そうに王妃様が微笑んでいる。

「おはよう！」

リチャード王子とキース王子は、ちゃんと起きているみたいだね。王妃様は、頷いているだけだ。

朝食後、サロンで寛《くつろ》いでいたら、子守がジェーン王女とマーカス王子を連れてきた。ああ、可愛い。

ジェーン王女は小さなマーガレット王女。そしてマーカス王子は小さなリチャード王子だね。

ジェーン王女は、王妃様、マーガレット王女、キース王子と同じプラチナブロンドだ。可愛いよ！

マーカス王子は、リチャード王子と同じブロンドで、青い目だ。おっとりした感じはリチャード王子とは違うけど、超キュート！　子守りがいなければ抱っこしたい。

「おはようございます」

王妃様に挨拶して、行儀良くキスを順番に受ける。

「ジェーン、マーカス、こちらがマーガレットの側仕えのペイシェンスです。夏の離宮で一緒ですから、仲良くするのよ」

うっ、ジェーン王女と私ってほぼ同じ身長だ。少しだけ私の方が高いよね。

「ジェーン王女、マーカス王子、ペイシェンスと申します」

あれっ、それだけで子守は子ども部屋に連れていくんだね。グレンジャー家が貧乏で良かったと初めて思ったよ。いや、貧乏は嫌だけどね。弟たちとほんの一瞬しか会えないなんて寂しすぎる。

「マーガレット、キース、午前中は勉強をした方が良いと思うわ。マーガレットは数学と縫い物、キースは古典よ」

夏休みなのに厳しいね。なんて他人事《ひとごと》みたいに傍観していたら、飛び火した。

「ペイシェンスはリュートとダンスと乗馬と泳ぐのも覚えなくてはいけないわ」

マーガレット王女の勉強の道連れ計画だが、リチャード王子の待った！　がかかる。

「それは後にしてくれ。ペイシェンス、昨日話していた件だが、早速試してみたい」

おお、助かったのかな？　あっ、でもビクトリア王妃様は少し疑問を持ったみたい。

「リチャード、何をするつもりですか？　ペイシェンスはマーガレットの側仕えなのですよ」

次の王様になるだろうリチャード王子も王妃様には弱いようだね。筋を通さないと駄目みたい。

「マーガレット、海水から塩を作れるかペイシェンスと試してみたいのだ。少しペイシェンスを貸してくれるか？」

マーガレット王女はリチャード王子に貸しを作ることにしたみたい。

「ええ、私が勉強している間はペイシェンスをお兄様にお貸ししますわ。でも、昼からはリュートの練習ですからね」

王妃様も「良いでしょう」と頷かれた。やれやれ、リュートの練習と塩作りのどちらがしんどいかな？

私はリチャード王子と準備するものを話し合う。

「簡単に実験するなら、海水を汲《く》むものと、大きな鍋。そして、それを火にかける竈《かまど》みたいなものがあれば良いと思います」

リチャード王子は、侍従にテキパキと指示をする。竈なんてあるのかなと思っていたけど、狩りなどする時は野外で料理したりするそうで、持ち運びできるのがあるそうだ。

近いけど荷物が多いから、馬車で海岸まで行く。そこからは歩きだよ。

「さぁ、早速、試してみよう！」

張り切っているリチャード王子の後から、私はメアリーを連れて海岸へ向かう。

「お嬢様、パラソルをさして下さい」

屋根裏でボロボロだったパラソルも修復されて真っ新だ。なんだかパラソルをさして歩くのは優雅に見えるけど、海風があるから見た目ほど楽じゃないね。

「肩にもたせてかけていたら、格好が悪いですよ」

確かに、少し立てていた方が格好は良いけど、海風で手が疲れるんだよ。

私とメアリーが日傘で少し揉《も》めている間にも、リチャード王子は、テキパキと侍従たちに指示を出している。

「ここら辺で良いだろう」

私ってここにいる意味があるのかな？　リチャード王子だけで良いんじゃないかなぁ？

侍従たちに竈を設置させ、大きな鍋に海水を汲ませる。

「火をおこせ」

あれっ、リチャード王子はキース王子と同じく火の魔法だと思っていたのだけど、侍従に火をつけさせるんだね。

異世界に転生してから半年、王立学園に一学期通っているうちに、大体なんの魔法を使うのか感じ取れるようになってきたんだ。

キース王子は火の魔法だと自己紹介の時に話していたし、リチャード王子からも火の魔法を感じる。それも、凄く魔力が多そうな感じがビンビン伝わってくるんだよ。

「なかなかつかないな！」

海風のせいかなかなかつかないみたいなのに、魔法ではつけないのかな？　不思議に思っているのがわかったみたい。

「竈ごと炭にしては実験にならないからな」

あっ、そうなんだね。火の魔法って攻撃魔法が多そうだもん。それに、リチャード王子の魔力は強すぎて、火をつけるとかは調整が難しいのかも？

「私は生活魔法なので、火をつけましょう」

サッと火をつける。でもなかなか海水は蒸発しないね。ずっと見ていないといけないのかな？　あっ、あそこに綺麗な貝殻みっけ！

「ペイシェンス、生活魔法を使うのが上手いな。退屈なら貝殻を拾っても良いぞ」

顔に出ていましたか？　すみませんね。

「メアリー、弟たちのお土産にするわ。綺麗な貝殻を拾いましょう」

メアリーは「良いのですか？」と目で訴える。

「リチャード王子の許可が出たのですもの」

こんな時もメアリーは役に立つ侍女だ。手提げの中から小さな袋を出して渡してくれる。

ピンク色の綺麗な貝殻や白くて刺《とげ》がびっしりついた巻貝などを小さな袋にいっぱい拾う。

ふふふ、これを弟たち《エンジェル》に渡した時の嬉しそうな顔を想像するだけで、気持ちが浮き浮きするよ。

貝殻を拾ったので、リチャード王子の側に戻る。

「かなり水が減りましたね」

「ああ、だがまだだな。これで塩が作れたとしても燃料とか費用がかなり掛かるな」

ええっと、前世では塩田とかハウスとかあったはずだけどね。

「魔法でなんとかできませんか？」

リチャード王子は腕を組んで考える。

「かなり魔法の制御能力が必要になりそうだな。貴族ならできる者もいるかもしれぬが、難しいだろうな。王宮魔法師に塩作りをさせるわけにもいかない」

鍋にはまだ水がある。

「あっ、鍋に問題があるのではないでしょうか？　もっと平たい鍋の方が蒸発するのが早いのでは？」

リチャード王子も「そうだな！」と笑う。

「失敗したな。だが、昼からは平たい鍋で実験しよう」

侍従に片づけるように言うので止める。

「あっ、その中にある海水はかなり煮詰まっています。昼からはそれを使えば早くできるのではないでしょうか？」

リチャード王子は「そうか！」と喜んだ。

「ペイシェンスは錬金術に興味があるとキースから聞いた時は驚いたが、なかなか役に立ちそうだ」

私は自分の家の塩作りだけで十分だ。あとは、あのマッドサイエンティストたちに任せよう。

「ええ、きっと海水から塩を取り出すやり方を考えてくれるでしょう」

リチャード王子は私が逃げようとしているのに気づいた。にっこり笑うとビクトリア王妃様に似ているね。怖いよ。

「いや、ペイシェンスに協力してほしい。それに彼らをここに呼んだりしたら、母上がなんと仰《おっしゃ》るか、わかるだろ」

青葉祭で見た錬金術クラブメンバーを思い出す。ちょっと王妃様とは合わないかもね。

リチャード王子は、昼からの実験にも立ち会ってほしいみたいだけど……。

「でも、マーガレット様と昼からリュートの練習をする約束をしましたから」

リチャード王子の都合に付き合うのだ。マーガレット王女の説得ぐらいしてもらおう。

「それは任せてくれ」

「お任せします」と言ったものの、昼食の場で持ち出さないでよぉ！

「お兄様、確か午前中だけペイシェンスを貸す約束でしたわね。私は苦手な数学や縫い物をしていたのです。昼からはたっぷりと音楽を聴こうと、それだけを楽しみにしていたのよ」

あっ、食事中の兄妹喧嘩《きょうだいげんか》は駄目ですよ。王妃様がフォークを置かれた。

「貴方たち、黙って食べなさい」

キース王子はとばっちりだったね。兄妹の言い争いには加わっていなかったのに。

あっ、魚を残すのは今日はやめた方が良いよ。目で合図するが、キース王子は読み取りが下手《へた》だ。

「キース、好き嫌いは子どもっぽいと他の貴族から馬鹿にされる材料にされます。そんなことをしているから、寮の上級食堂《サロン》でリチャードやマーガレットに見張ってもらわないといけなくなるのですよ。夏休み中に、魚と野菜を食べられるようになりなさい」

ビクトリア王妃様のご機嫌は斜めから急降下した。もう、キース王子が魚を残すからだよ。

相変わらずのデザートは、全員が果物を選ぶ。

テーブルの上に並んだ砂糖ザリザリのケーキを王妃様は眺めていたが、口を開いた。

「そういえば、ペイシェンスはユリアンヌのお菓子を弟たちに作っているのですね。一度、食べてみたいわ。ユリアンヌはわたしの学友でもあったのですから」

これで、リチャード王子とマーガレット王女の喧嘩の種もなくなったと、満足そうなビクトリア王妃様だ。

どちらも文句はつけられないだろうと二人を見て、微笑む。

「わかりました。シェフにレシピを渡します。それと生活魔法を使った方が作りやすいので、私が立ち会う許可をいただければ失敗はないと思います」

勿論、許可はもらえたが、食堂から出た途端、リチャード王子とマーガレット王女に腕を摑《つか》まれた。

「マーガレット様、二台のハノンで弾く曲を思いついたのです。ザッと弾くので、その後の楽譜作りはお願いします」

マーガレット王女はこれで良い。午後は楽譜作りに熱中されるだろう。

「リチャード王子、午前中の煮詰めた海水を平たい鍋で水が全て蒸発するまで加熱して下さい。他の方法は塩ができてから考えましょう」

私は、頑張って思い出しながら『二台のピアノの為のソナタ』をハノンで弾いた。

「まぁ、なんて素敵なのかしら。これなら二人で連弾できるわ」

キース王子が呆れて見ている気がする。えっ、ビクトリア王妃様も呆れておられるようなな……まさかね。

部屋でパンケーキとクッキーのレシピを書いて、メアリーから離宮のシェフに渡してもらう。シェフが材料などを用意している間に、リチャード王子の塩作りに利用できそうなことを思い出そうと努力する。

『塩田は江戸時代じゃなかったかなぁ？　赤穂《あこう》浪士討ち入りは吉良上野介《きらこうずけのすけ》に浅野内匠頭《あさのたくみのかみ》が塩の作り方を教えなかったから、意地悪されて恥をかかされたのがきっかけだったよね。現代のは、機械化されているけど、そのちょっと前、朝ドラで戦後の物資不足で塩を作るシーンがあったよ。思い出せ！』

社食でランチを食べながら朝ドラの再放送を見ていたので話半分だ。

『確か鉄板がいっぱい手に入ったから、塩を作ることを決めたんだ。暑い浜辺で鉄板に海水を流して濃度を高めてから、炊いていた』

これなら薪《まき》が少なくても良さそうだ。薪は本当に大事なんだよ。冬に凍えるのは二度とごめんだから。

「お嬢様、シェフから準備ができたと伝言がありました。でも、何も台所へ行かれなくても」

メアリーは家でも台所へ入るのを嫌がっているが、ここは離宮なのでより神経質になっている。

令嬢はレシピを渡すまでで、あとはシェフに任すべきだと思っているのだ。

「王妃様にお母様のおやつを作ると約束したのよ。きちんとシェフに作ってほしいわ」

メアリーは王妃様を持ち出すと弱い。

「王妃様が、そう仰ったのですか……でも、奥様が台所でおやつを作ったりされたのでしょうか？」

「ええ、一度だけだけど、一緒に作ったのよ」

メアリーが「奥様がそんなことを……」と少し懐かしそうな顔をする。

マナーチェックが緩んだ隙に台所へ急ぐ。

あっ、凄くアウェイな雰囲気だ。王宮の料理人だもん。特にシェフ、凄くプライド高そう。素人のレシピに従って作るのが嫌なんだろうね。

「王妃様に私の母のおやつを作るように仰せつかってここに参りました。さぁ、作って下さい」

「承知しました」

王妃様の皮を被ったキツネだよ。こんな時は権威を振りかざさなきゃ駄目だ。

おっ、シェフとの第一ラウンドは勝ったよ。パンケーキは卵をキチンと泡立てれば大丈夫。子どもでも作れるぐらいだから、あれだけ美味しい料理が作れるシェフなら……大丈夫なはず。

「少しお待ちになって！　レシピ通りの砂糖の量にして下さい」

目を離すと砂糖じゃりじゃりにしようとする。

「スイーツは砂糖が多いほど上等なのです。王妃様のお口に入るのですよ」

おっと、シェフは砂糖至上主義者だ。

「それでも王妃様は、学友だった私の母の思い出のお菓子を召し上がりたいと仰っているのです。従って下さい」

卵の泡立て方も、泡立て器があるのにイマイチだ。シェフも注意しない。集団サボタージュとまではいかないけど、やる気なさそう。

「それでは駄目です。もっと角が立つまで泡立てなさい。ボールを貸しなさい」

サボろうとしても無駄だよ。生活魔法で泡立てる。

「えっ、生活魔法ですか？」やっとシェフが一歩前進だ。

「あとはレシピ通りに焼いて下さい。それにバターをのせ、泡立てた生クリームを添え、別容器に蜂蜜を入れて出して下さい。生クリームも泡立てます。こちらにボールを貸して」

生クリームに砂糖を入れて生活魔法でふんわりと泡立てる。これで、パンケーキはどうにかなるだろう。

クッキーはバターと砂糖を混ぜる時に砂糖を倍増しようとするのを阻止する。

「レシピの分量通りにして下さい」

そして、生活魔法で冷たく固めて、薄く切ってもらう。

「クッキーは色々とアレンジができます。今のは、基本です。クッキー生地にスライスアーモンドを混ぜても美味しいし、ジャムを上にのせても良いです」

クッキーの焼ける良い香りが台所に満ちる。料理人たちは砂糖の量が少ないので不安そうだ。

「いつも、とても美味しい料理を作っているシェフの方たちですから、僭越《せんえつ》ですが言わせていただきます。スイーツは砂糖がじゃりじゃりで皆様手を伸ばしておられません。一度、私のレシピのパンケーキとクッキーを食べてみて下さい。そして、王妃様方が残されるかどうかもチェックして下さい」

夏の離宮に滞在中、ずっと砂糖じゃりじゃりのデザートは勿体《もったい》なくて見ているのが辛《つら》い。シェフ、ちゃんと食べてね。舌は肥えていると思うから、砂糖控えめのスイーツも美味しいのがわかると信じるよ。

ああ、ちびっ子の言うことをまともに聞いてくれるかな？

その日のお茶で出たのは生クリームとバターたっぷりのパンケーキ、香ばしいクッキー。

「ペイシェンス、とっても美味しいわ」

マーガレット王女は気に入ったようだ。

「ユリアンヌがこんなに美味しいおやつを作っていたとは知りませんでしたわ」

ビクトリア王妃様もパンケーキを食べられた。良かったよ。卵やバターや砂糖などを毎回もらっているのに、無駄にしていないとわかってもらえた。

「お前はどこでこんなデザートを知ったんだ？」

キース王子はさっさとパンケーキを完食して、クッキーを食べている。

「母上との思い出の味だとペイシェンスが言っていただろう。聞いてなかったのか。これなら私でも食べられるな」

甘い物が苦手なリチャード王子もパンケーキは完食したが、生クリームは残した。

お茶は無事に終わったが、その後、マーガレット王女に「一度聞いただけでは楽譜に起こせないわ」と叱られて、結局は自分で書くことになった。何故だ？

リチャード王子は「塩ができたぞ！」と喜んでいたが、改善が必要だとも言われた。

それって私が考えるのは決定なんですね。まぁ、思い出したやり方を紙に書いて、リチャード王子に渡して終わらせよう。夏休み中、暑い浜辺で塩炊きしたくないよ。

マーガレット王女に「少し弾いているのと楽譜が違う気がするわ。夕食の後にしましょう」とやっと解放（夕食後まで）されて、部屋に戻ろうとしたら、シェフに呼び止められた。

「ペイシェンス様、申し訳ありませんでした。皆様、砂糖控えめのスイーツを召し上がっていらっしゃいました。それに、私も食べて、少し甘さが足りない気はしましたが、美味しいと思いました。お願いです。他にもレシピがございましたら、教えて下さい」

資金があればスイーツ店を開きたいけど、そんなお金はない。なら、ここでレシピを教えて美味しいスイーツを食べた方が得なんじゃない？　全部は教えないけど、一つ二つぐらいは良いかな。

「ええ、わかりました。メアリーにレシピを持っていかせます」

何を渡そうか考えながら部屋に帰った。

こちらの世界では、砂糖が貴重なので、シェフがザリザリのケーキを作っていたのは理解できるけど、やはり食べる人の反応をちゃんと見ないと駄目だよね。

失敗しにくいのは、パウンドケーキだ。基本は普通のケーキと一緒だけど、胡桃《くるみ》を入れたり、干し葡萄《ぶどう》を入れたりしても美味しい。

オレンジピールを入れたのも好きだったな。紅茶の茶葉を砕いたのを入れても良い。

基本のパウンドケーキは、材料の分量が同じだから簡単だよ。後のアレンジを何個か書いて、メアリーからシェフに渡してもらう。


夏の離宮に来て三日目、やっと夏休みらしくなりそうだ。朝食の後、サロンにジェーン王女とマーカス王子が子守りに連れてこられた。

挨拶とキス、それも昨日と同じだったが、そこからが違った。

「今日の午前中はリチャードもマーガレットもキースも、ジェーンやマーカスと海で遊んであげなさい」

いつも子守りに連れてこられては、挨拶だけして、また育児室に連れて帰られるだけのジェーン王女とマーカス王子が嬉しそうに笑う。

「嬉しいです！」

ジェーン王女は、おっとりとしたマーカス王子では退屈しているのかも。

マーカス王子も嬉しそうに微笑んでいる。

「でも、母上、私は塩を作りたいのですが……わかりました」

リチャード王子は、塩作りの続きをしたそうだが、喜んでいる幼い妹と弟に負けた。それに海の塩は逃げないからね。

「ペイシェンス、泳ぎ方を教えてやるぞ」

キース王子が張り切っている。そんな熱血指導は遠慮したいな。泳げるのではと信じたいけど、バタ足からかも？

それに服を着たまま泳ぐのは難しいよね。水泳の時間に一回だけ災難訓練で水着の上から体操服を着て、プールに落ちたことがある。マジ、溺れるかと思ったよ。その時は、バッグとかを浮き輪にし、どうにか浮かんでバタ足でプールぎわまで泳いだ。

『あっ、でも海水は浮きやすいかもね』

メアリーに古い服を着せてもらう。ドロワーズもいつもの下着ではなく、服と同じくらいの厚みがある生地だ。

「さぁ、海水浴よ！　楽しみだわ」

浮き浮きと浜辺へ向かう。そこには大きなパラソルが何本も刺してあり、日陰にはデッキチェアーが置いてある。それにテントにはメイドたちが控えていた。飲み物とかサービスしてくれるんだ。なんか至れり尽くせりの海水浴だね。

「おっ、ペイシェンス来たな。海に入る前に体操をするぞ」

張り切っているのはキース王子とジェーン王女とマーカス王子だけだ。子守たちは大変そうだね。

「私は日陰で休んでいるわ。暑くなったら、海に入るかもしれないわ。ペイシェンスは泳ぎなさい」

マーガレット王女は本を持参だ。やる気ないな。

キース王子じゃないけど、泳ぐ前の体操は大事だよ。足がつったら溺れちゃうもんね。手足ブラブラさせて、アキレス腱《けん》を伸ばしたりする。

「お前、何をふざけているのだ」

あれっ、異世界ではアキレス腱伸ばさないの？

「まぁ、良い。お前はマーカスと浅い所で水に慣れておけ」

ジェーン王女はなかなか活発そうだ。ミニマーガレット王女かと思ったが、違うタイプだ。中身はキース王子？

私は可愛いマーカス王子と水遊びするよ。うちのヘンリーと同級生になるんだね。仲良くしてほしいけど、あれっ、大人しいね。

「マーカス王子、少しずつ水に慣れましょうね」

子守りに水をかけられて、マーカス王子はキャキャと笑う。可愛い。

私も参加しよう。水をかけたり、かけられたり。楽しいよ。

子守りは砂遊びの道具も持っていた。

「マーカス王子、砂でお城を作りましょう」

小さな木製のスコップなら手を傷つけることもないよね。それと小さなバケツ。

私が手で砂を掘っていたら、子守りがジェーン王女のスコップを貸してくれた。

「ジェーン王女様は砂遊びはあまりお好きではありませんから」

そうだろうね。キース王子と一緒に泳いでいる。私はマーカス王子と砂遊びが楽しいよ。

ショタコンの本領発揮だ。

バケツに海水を汲んで、砂を濡《ぬ》らして砂山を固める。あっ、ちょっと無意識に生活魔法を使っちゃった。

「凄い、お城だぁ！」

やりすぎたね。私一人で作っちゃった。

「マーカス王子、城にお堀を作りましょう」

城の周りを一緒に掘って、生活魔法で少し固める。バケツに海水を汲んできて、マーカス王子と堀に注ぐ。

「リチャード兄上、見て！　お堀だよ」

遅れて海岸に来たリチャード王子に自慢する。無邪気で可愛いな。

「これは見事だな」

褒められて嬉しそうだね。うん、見ているだけでハッピーだよ。

でも、幸せな時間は終わったよ。キース王子がリチャード王子を見つけて駆けてきた。ワンコみたいだね。あれっ、ジェーン王女は？　放ってきたんだ。駄目じゃん。

「キース、ジェーンをおいてくるのではない」

ほら、叱られた。でも、ジェーン王女は自分で砂浜に上がって、もっと泳ぎたいと女官を困らせている。

「リチャードお兄様、一緒に泳いで！」

女官に一人で泳いでは駄目だと言われ、リチャード王子にねだっている。うん？　大人しいナシウスと同級生なんだね。まぁ、男女だし、大丈夫でしょ。でもナシウスには学年飛び級を勧めておこう。

「ほら、ペイシェンス、泳ぎ方を教えるぞ」

顔を水につけるところから始まった。うん、浮かんでいるね。

「意外と上手だな」

失礼なキース王子だが、教えるのは上手い。

「浮かべたなら、バタ足だ。ほら、この板を持って足をバタバタさせるんだ」

ビート板はないけど、コルクっぽい浮く板を持ってバタ足の練習をする。あっ、なんか泳げそう。

「お前、板を放したら駄目だろう。えっ、泳げるようになったのか？　嘘《うそ》だろ？」

体力がないから長くは泳げなかった。でも、ちゃんと泳げるよ。それに、やはり服を着て泳ぐのは難しい。

濡れるとスカートが重くて脚に纏わりつくんだ。

「少し休憩しますわ」

本当にペイシェンスの体力はなさすぎるよ。

服が濡れてベタベタだから「綺麗になれ！」と生活魔法を掛けてから、マーガレット王女の横のデッキチェアーに座る。

「ペイシェンスにジュースを」

メイドにジュースを出してもらって飲む。

「ペイシェンス、さっきの魔法、とても便利ね。海水浴は嫌いじゃないけど、服が濡れると重くて心地悪いの」

だよね！　水着がないのかな？

「私が生活魔法で綺麗にしますわ」

マーガレット王女もパラソルの下でも暑くなったようだ。

「少しだけ泳ごうかしら、ペイシェンスも泳ぎましょう」

私ももう少し泳ごう。体力強化だよ。

マーガレット王女も夏の離宮に毎年来ているから、泳ぐのは上手だ。それに、私より体力がある。

ジェーン王女もマーガレット王女が海水浴に参加してくれたので、嬉しそうに泳いでいる。

「そろそろ、帰らないといけないわ」

昼食に着替えないといけないからと、愚図るジェーン王女を引きずるようにマーガレット王女は離宮に帰った。

「お姉様の側仕えのペイシェンスが綺麗にしてくれたから、もう少し泳いでいたいのに！」

「駄目よ、ちゃんとお風呂に入らなくてはいけないの。お母様が、そう仰ったわ」

王子たちはもう少しだけ泳ぐみたいなのも、ジェーン王女には不満みたい。でも、姉のマーガレット王女には逆らえない。

私も一緒に離宮に帰る。子守りがマーカス王子を連れて後ろを歩いている。

「楽しかったですか？」

「うん、お城をつくったんだ！　リチャードお兄様に褒められたよ」

マーカス王子、めちゃ可愛い！

「良かったですね。でも、お昼からは少しお昼寝をしましょうね」

あっ、お昼寝！　私もしたいかも。やはり、海水浴は疲れるね。でも、泳げるとわかったのは良かったよ。


夏の離宮で、午前中はマーガレット王女、キース王子と共に勉強する。

リュートの練習は午後だよ。だって私がリュートを弾くと、マーガレット王女は数学どころではなくなるからね。私は古典と歴史の予習だ。国語と魔法学はなんとなくいけそうだからだ。

「ペイシェンス、嫌味なのか？　それは中等科の古典の教科書だろ」

嫌味なんかじゃありませんよ。本当は家で弟たちと勉強する予定だったんだ。

「その内容がちゃんとわかっているのか？」

失礼だね！　わからないのに持ってきて勉強なんかしないよ。

「キース王子、もう少し真面目に勉強しましょう」

見張りの家庭教師に叱られたよ。やはり王族の家庭教師なので厳しい。

午後はリチャード王子と塩を作ったりもするけど、ほとんどはマーガレット王女と音楽の教師と過ごすことが多い。

リュートは難しいけど、楽しい。形は違うけど、前世のギターに似ている。

「音階は覚えたようですから、練習曲を弾いて下さい」

あっ、やっぱり指の練習ばかりなんだね。少し練習して、弟たちに教えてやった前世の童謡をポロン、ポロン弾く。

「あら、その曲は何？」

音楽愛の強いマーガレット王女は耳ざとい。

「弟たちがハノンの練習をする為の簡単な童謡を作ったのです。指の練習曲ばかりでは退屈してしまうので」

目がキラリンと輝く。嫌な予感しかしないよ。

「丁度、ジェーンやマーカスもハノンやリュートを習っているの。明日の午前中はあの子たちにその曲を教えましょう」

数学をサボる気だ。子ども部屋に逃げるつもりだろう。

「さぁ、やっと二台ハノンを設置してもらったのだから、新曲の練習をしましょう」

『二台のハノンの為の練習曲』は、有名な音楽漫画で主人公が弾いていたから、興味を持って練習したんだ。

この世界には漫画もアニメもないのが寂しいよ。

「二人で連弾すると楽しいわね！　明日もしましょう」

まぁ、乗馬を忘れてくれているようなので、ハノンぐらいは良いよ。

でも、ダンスは忘れてくれてないんだよね。午後に時々練習させられる。マーガレット王女は自分がダンスは免除だから、その時間で音楽に一緒に浸りたいんだ。

ダンス教師はさすがにプロだね。教えるのも上手い。でも、まだ修了証書がもらえるレベルではない。

リードが上手いダンス教師だから踊れているけどね。それに、何個も種類があるから、ごっちゃになっちゃうんだ。

「もっと頑張らないと駄目ね」

マーガレット王女は手厳しい。こっちだって本音を言うと、マーガレット王女の裁縫は『もっともっと頑張らないと駄目』なのだ。

貴族の令嬢が実際に裁縫する必要があるかどうかは関係ない。できないなんて許されないのだ。

それにひと昔前の王宮では、王族以外はスツールに座れなかったそうだ。例外は刺繍《ししゅう》をしている貴婦人。それに、今では職人に任せているのだろうけど、ドレスに細かい刺繍とかも多いよ。

マーガレット王女が外国に嫁ぐ可能性もあるから、そちらの流儀が昔気質《かたぎ》だった時の為にも、もっと裁縫は練習が必要なのかもね。

次の日は、朝から子ども部屋でジェーン王女とマーカス王子に前世の童謡を元にした練習曲を弾かせる。

ジェーン王女は、あまりハノンが好きじゃないみたいだけど、童謡の歌を教えてあげたら綺麗な声で歌っている。

「ジェーンは歌が上手いのね！」

マーガレット王女も知らなかったみたいだ。

四歳離れているから、マーガレット王女が子ども部屋を卒業した時は、ジェーン王女は六歳か五歳だったんだ。

乗馬が好きなのは知っていても、姉妹でも会う時間が少ないから、詳しくは知らないいんだね。

「ハノンはあまり好きではないのです。どちらかというとリュートの方が好きだわ」

あっ、それは私の反対だね。ピアノを弾いていたから、ハノンは弾きやすい。でも、ギターは弦が少ししかないから難しいと思っちゃうんだ。

「そうね、ならリュートを中心に習っても良いと思うけど……お母様に相談してみますわ」

音楽の時間に、女学生はハノンが多く、男子学生はリュートが多かった。もし、ジェーン王女が外国の王家に嫁ぐことがあるなら、そこの流儀にも合わせなくてはいけないのだ。マーガレット王女もそれをわかっているから、軽々には断言しなかったのだ。

「ええ、ハノンももっと楽しい練習曲なら弾いても良いのだけど……」

うん？　二人でジェーン王女が練習している楽集を見る。

「ああ、これは楽しくないわね。指の練習には良いのだけど……私は、さっさと合格して、小曲集になったから……良いわ！　こちらの私の練習曲集を使いなさい。こちらの指の練習曲もするのよ」

単調な指の練習は、私も苦手だった。

「でも、難しそうだわ」

ペラペラとめくっただけで、ジェーン王女の顔が曇る。マーガレット王女は、音楽の才能に恵まれているから、つまずいているジェーン王女の気持ちはわからないのかも。

「では、私の弟たちに書いている、小品集を練習されたら良いのですわ。明日までに書いておきます」

あっ、マーガレット王女がプンプン怒っている。

「ペイシェンス！　小品集ですって！　聞いていないわよ」

前世のプラグミューラーやソナチネの練習曲だからね。でも、何曲かは大好きなのもあったよ。

「マーガレット王女、こちらにいらしたのですね！　午前中は数学と裁縫をする予定ですのに！」

家庭教師に見つかって、キース王子が勉強している部屋に連行されたよ。

「ペイシェンスは、小品集を書くのよ！」

そんなことより、数学を真面目に勉強しないと、昼からも勉強時間になりそうだよ。

「リチャード王子はどこにいらっしゃるのかしら？」

午前中の勉強部屋にはリチャード王子の姿がない。

「兄上は、近くの街に行かれたのだ！」

一緒に行きたかったと、キース王子が不満そうな顔をしている。

「そうなのですね！」

私も行ってみたかったよ。王都ロマノですら、あまり知らないんだもん。

「キース王子、ちゃんと古典の教科書を読んで下さい」

やれやれ、勉強の邪魔をしないように小品集を楽譜に書こう。

『人形の夢と目覚め』『アラベスク』『貴婦人の乗馬』『素直な心』『バラード』『牧歌』……ハノンを弾かないで書くのって難しいな。

つい指が机を叩《たた》いちゃう。

「マーガレット王女、集中されないなら、昼からも数学ですよ！」

ああ、私の指の音が悪いんだ。

「部屋で書きますわ」

部屋でなら指でリズムを叩いても、メアリーしかいないから大丈夫。

昼食後に、マーガレット王女に何曲か書いたのを渡す。

「まぁ、簡単なのに可愛い曲だわ！」

えっ、ジェーン王女の為に書いたんだけど？　まぁ、良いかな？　ナシウスとヘンリーも練習しているかな？　少しだけホームシックだよ。

第三章　塩を作るよ

一週間が過ぎ、夏の離宮の暮らしに慣れた頃、アルフレッド陛下が来られた。

勿論、全員でお出迎えする。ビクトリア王妃様は機嫌が良いけど、リチャード王子は少しそわそわしている。

私？　緊張しているよ。だって父親を免職にした陛下と会うのは本当に怖い。ここに私がいるのは、王妃様がマーガレット王女の側仕えに選ばれたからだし、夏の離宮にも呼ばれたからだ。でも、やはり逃げ出したいよ。

『免職になった家の娘がここで何をしているのだ！　帰れ！』とか言われないかな？　あっ、それだと弟たちと夏休みを過せるのかも？　なんて馬鹿な想像しているうちに馬車が着いた。

アルフレッド陛下は、リチャード王子を大人にして、人当たりを良くした感じに見えた。金髪に青い目は、同じだね。

リチャード王子は、よくできた王子だけど、時々、青いんだよ。キース王子の失言に一々怒ったりするところがさ。

マーガレット王女も機嫌が良い。ビクトリア王妃様の注意が少し逸れそうだからだ。

数学はどうにかなりそうだけど、裁縫は絶望的なので、かなり厳しくチェックされてうんざりしているみたい。

あっ、ユージーヌ卿だ。相変わらず、格好良いね。

陛下が馬車から降りてこられた。王妃様は微笑んで出迎える。私は、そこからは頭を下げているから、会話が聴こえるだけだけど、リチャード王子、マーガレット王女、キース王子の挨拶を受けているようだ。

「こちらがマーガレットの側仕えのペイシェンス・グレンジャーです」

王妃様の紹介が済んだ。

「ペイシェンス、頭を上げなさい」

声が優しい気がする。何故？　初対面だけど？

「おお、ユリアンヌに似ているな。マーガレットによく仕えてくれていると聞いているぞ」

これで顔合わせは終わった。王妃様をエスコートして、離宮の中に入られる。

私はにこやかに声をかけてくれた陛下の背中に『何故、父は免職になったのですか？』と問いかけたかった。でも、そんなことはできない。そのくらいならワイヤットに聞くよ。教えてくれないだろうけどね。

陛下が来られてから、ずっとビクトリア王妃様が側にいるが、晩餐の後、サロンで寛いでいる時にリチャード王子は塩について話した。

「ペイシェンスが海水から塩が作れると言い出して、実験してみたらできました。まだ、製法についてはあれこれ試している段階で、費用も岩塩を採掘するよりもかかるかもしれません」

陛下はリチャード王子の話を最後まで聞いていた。

「価格的にどうなるかはわからないのでは塩を販売できるか不明だな。しかし、ハルラ岩塩にのみ頼っているのは心細いのは確かだ。やってみなさい」

リチャード王子だけでやるのだと黙って聞いていた。もう、思い出したやり方は紙に図を書いて渡していたから。頑張ってね！

「ペイシェンス、色々と試してみよう」

えっ、マジ？　塩で儲けられるならいざ知らず、暑い砂浜で塩炊きは遠慮したいな。

「ペイシェンスはお兄様の側仕えではありませんわ」

マーガレット王女、もっと頑張って。内心でエールを送るよ。

「マーガレットは午前中は裁縫をしなさい」

残念！　王妃様は厳しい口調で、マーガレット王女を叱り出した。

「マーガレットが真っ直《す》ぐに縫えるようになるには夏休み中かかりそうですわ。裁縫の課題は、学期末に展示されるというのに恥ずかしいと思いませんか？　少なくとも、合格できる縫い目になるまでは、午前中は音楽も駄目ですよ」

マーガレット王女は午前中だけならと手伝いを許可する。ふぅ、まだ午後よりは涼しいかもね。

「ペイシェンス、リチャードを手伝ってやれ！」

陛下にダメ出しされちゃったよ。

「はい」としか答えられないよね。


「もっと効率よく塩を作れないものか？」

リチャード王子は本当に真面目だ。私はパラソルの下で座っている。そして、その横には陛下がジュースの入ったグラスを持って寛いでいる。

凄く居心地が悪い。父親をクビにした張本人の横に座っているだなんて。

何気ない感じでここから逃げ出したい。

暑い砂浜での作業なので、パラソルと水分補給のテントも設置されていた。

体力がないので「少し休憩します」とリチャード王子に許可を取り、パラソルの下で休憩していたら、隣に陛下が座ったのだ。

「ペイシェンス、ウィリアムは元気にしているか？」

おおっとクビにしたのに父親を心配しているのかな？

「はい、元気にしています」

お陰様では言わないよ。嫌味に取られるからね。

「そうか、弟たちは確かジェーンやマーカスと同じ年だったな」

「はい」とだけ答えておく。この会話がどこへ向かうのかわからない。

「そうか……ウィリアムと私は学友だったのだ。王立学園で共に学ぶ経験は大切だ。ペイシェンスはマーガレットの側仕えだが、キースとも友達になってくれ」

何故、友達の父親をクビにしたのか聞きたい。学園の先生たちは、教育界は恩に感じていると話していた。察するに何か教育についてのいざこざがあり、責任を取って免職になったのだろう。そして、陛下は本心ではクビにしたくなかったと暗に伝えている。

でも、そのせいで貧しさの中、母親は亡くなり、ペイシェンスも死んだのだ。

『駄目よ！』前世人の私はぶちまけて怒鳴りたくなるが、ペイシェンスが止める。それに転生して半年、異世界の常識もわかってきた。ここで陛下に無礼な真似をしたら、弟たちにも悪い影響を及ぼすかもしれないのだ。

もやもやする。

「リチャード王子のお手伝いをしてきます」と許可を取って席を立つのが精いっぱいだ。

大人はずるい！　陛下にも王妃様にもクビにされても陛下を尊敬している父親にも腹が立つ。

ああ、反抗期と思春期を二回も体験するのか。やってられないよ。

「ペイシェンス、街に装置を発注しに行くのだが、一緒に行かないか？」

陛下の側から離れて、リチャード王子の近くに行ったら、思ってもみない提案をされた。

「行ってみたいです！」

だって、春にちょこっと学園から出たことしかないんだもん！　それが塩作りについてだろうが、行くしかない。

「ははは、ペイシェンスは、見た目は大人しいけど、意外と活発だな。いや、好奇心いっぱいなのだ」

愉快そうに笑うリチャード王子だけど、許可は得られるのだろうか？

なんて心配していたけど、昼食後のサロンで尋ねたら、陛下は「行ってきたら良い」と簡単に許可してくれた。

王妃様だけだったら、私は行かれなかったかもね？

でも、羨ましそうなキース王子と、マーガレット王女の視線が怖い。

「あのう、マーガレット王女やキース王子も一緒に行かれないのですか？」

私からの提案は、これが限界だよ。

「私もご同行したいです！」

キース王子は、リチャード王子が大好きだからね。この点は、良い子だなぁと思うんだ。王座を血と血で争う邪心とかは、微塵《みじん》も感じられないからね。

「ペイシェンスは私の側仕えよ。一緒に行動したいわ」

ああ、マーガレット王女は、陛下が来られても午前中は数学と裁縫だからね。まぁ、少しは王妃様の監視は緩んでいるみたいだけどさ。

「リチャード、面倒を見られるか？」

マーガレット王女とキース王子が、リチャード王子を見つめている。やはり、リチャード王子は優しいお兄ちゃんだね。

「ええ、でもマーガレット、あまり興味がない場所かもしれないぞ。金属の加工をしてもらいに行くだけだからな。キースも行っても面白いとは思わないかも」

二人は「それでも良い！」と即答だよ。

明日の午前中に、夏の離宮の側にあるベルーシュの街に行くことになった。

「マーガレット王女、ベルーシュはどんな街なのでしょう？」

浮き浮きした気分で尋ねたけど、知らないみたい。

「私も行ったことがないのよ。リチャードお兄様は、時々、行っているみたいだから、そんなに遠くはないみたいね。それに、明日は裁縫から解放されるのよ！」

ふうん、楽しみだね！　異世界初、知らない街だもの。

夏の離宮にも図書室があるし、家庭教師は地理も教えるだろう。下調べをしよう！

「なんだ、お前もベルーシュについて調べに来たのか？」

昼からは音楽だ！　とのマーガレット王女のご要望に応えていたので、出遅れちゃったよ。

キース王子が読んでいる地理の本を見せてもらう。

「ベルーシュは、ローレンス王国南部の小さな街らしいな」

地理の本には詳しく書いていない。でも、夏の離宮との距離はわかったよ。馬車なら三〇分ぐらいだ。

「町ではなく街なのだから、人口もそこそこ多いのでしょう。きっと、お店とかもありますよね！」

キース王子が鼻で笑った。

「リチャード兄上は、買い食いなどしないぞ」

あっ、春に一人で学園の外に出た時のことを言っているんだね。

「私だって買い食いなどしませんわ。でも、屋敷の外に出たことがなかったのですもの。教会に能力判定に行っただけだから、あともう一度行ったけど……」

キース王子は、私の母親が亡くなったのを思い出して、気まずそうな顔をした。でも、それを振り切るように注意し出す。

「お前も令嬢の端くれなのだから、一人歩きは危険だ。それに、侍女を連れて歩くのが、令嬢の慎みだぞ」

はい、はい、それよりもベルーシュのことがわかる本はないかな？　地理的な要素が知りたいんじゃないよ。

「歴史かしら？」

私が本棚の方へ視線を送ると「聞いてないな！」とキース王子に叱られた。

「それは、わかっていますわ。あの後、メアリーを裏切った気分になって、二度と一人で外出なんてしていませんもの」

「それなら良いのだ！」とキース王子も納得したみたい。

「歴史かぁ！」

ちょっと、私が先に思いついたんだよ！

でも、ベルーシュではあまり大きな歴史的な出来事は起こってなかったよ。

「ふん、ペイシェンスのせいで、とんだ時間の無駄だった」

憎たらしいね！　と思っていたら、リチャード王子が図書室にやってきた。

「おや、キースとペイシェンス、何をしているのだ？　仲良く勉強か？」

机の上には地理と歴史の本だからね。

「明日行く、ベルーシュについて調べようと思ったのです」

リチャード王子は、キース王子の肩を叩いて褒めた。

「良い心がけだな！　だが、あの街は地理や歴史の本には詳しく載っていないだろう」

そうなんだよね！　でも、リチャード王子は本棚から一冊の薄い本を取り出して、キース王子に渡した。

「これが、明日、ベルーシュに行く理由だよ」

そう言うと、別の分厚い本を持って図書室から出ていってしまった。

「ふふふ、見せてほしいか？」

残されたのはお子様のキース王子と私だよ！

「ええ、お願いします」

こんな時は、下手《したて》に出るとキース王子は意外と優しいんだよね。

「まぁ、頼むなら見せてやろう」

偉そうだけど、見られるなら良いよ。

「汲み上げポンプについての考察？」

薄い本は、どうやら研究論文をまとめたものみたいだけど……？

「このバーミリオン・ベルーシュって人が領主なのか？」

著者はそうだけどね？　でも、それならリチャード王子は領主に会いに行くって言うんじゃないかな？

「領主じゃないのかも？」

ふん！　と偉そうにキース王子は、とても分厚い本をズドンと机の上に置いた。

「貴族年鑑？」

これって、前世のシャーロック・ホームズがよく調べていた本と同じなのかな？

「これで調べれば、すぐにわかるのさ」

確かに知らなかったよ。グレンジャー家の図書室にもあるのかな？　ペイシェンスは興味がなかったみたいだし、私も読んだことはない。

「バーミリオン・ベルーシュ……違うな？　ベルーシュを治めているのは、ルアン・ベルーシュ伯爵となっている。親族なのか？」

当主と配偶者と子どもは記載されているけど、バーミリオンの名前はない。

「もしかしたら、何代か前の親族なのかも？」

バーミリオンのことはわからなかったし、研究論文は読んでもちんぷんかんぷんだった。

専門用語ばかりだもの！　でも、この人が錬金術師だっていうのはわかったよ。

「錬金術師なのね！」

私が得意そうに言ったら、馬鹿にされたよ。

「兄上は、金属の加工を頼みに行くと言われただろう。錬金術師に会いに行くのに決まっている！」

ぶー！　腹が立つけど、私の方が一歩リードしているよ。論文はちんぷんかんぷんだったけど、海水を汲み上げなきゃ、塩は作れないのを知っているからね。ふふふ……。

「なんだ？　その薄気味悪い笑いは！」

ぎゃーぎゃーうるさいキース王子は放置して、私はわかりにくい論文を読もうと頑張る！

「訳がわからないのだろう！」

その通りだよ！　でも、これができるなら、海水を汲み上げられるのはわかったよ。

「明日が楽しみですわ」

それにしても、研究論文ってワザと小難しく書かないといけないルールがあるのかな？

それと、全く錬金術と魔法陣について知らないのが、判明したよ。ちょっとロマンを感じていたけど、無理なのかも？

部屋に戻って、海水塩の作り方を纏めた図を書く。

一、ポンプでなるべく綺麗な海水を汲み上げる。

二、それを濾過《ろか》する。

三、斜めにした鉄板の上に海水を流して、濃い海水にする。

四、平釜で炊く。

五、乾燥させる。
図と文字で作り方を整理したから、何を作ってほしいのかが鮮明になってきた。

ポンプ、それと汲み上げるホース、それを濾過する装置、蒸発させる斜めの装置、平釜、竈、乾燥させるもの。

前に思い出した記憶よりも、具体的に書けた気がする。


近くの街のベルーシュに行くのも大変だね。まぁ、王族だから当たり前だけど、護衛の騎士が何人も同行するんだね。街歩きなんかできそうにない雰囲気だよ。ちょっとガッカリ！

でも、ユージーヌ卿が一緒なのは嬉しいな。遠くから見るだけでも気分が上がるよ。

馬車は、リチャード王子、キース王子、マーガレット王女、私が一緒だよ。近いからかもしれないね。侍女や侍従たちは別の一台だ。馬車を増やさないのは、警護をしやすくする為なのかも？

「では、行ってまいります」

リチャード王子が挨拶したら、出発だよ！

「ペイシェンス、昨日、何か調べていたけど、わかったの？」

マーガレット王女は、自分の貴重な昼からの音楽タイムを途中で抜け出したのをまだ根に持っているのかな?

「ええ、リチャード王子とキース王子のお陰で、少しわかりましたわ」

それに貴族年鑑には、領地の税収とか人口も書いてあったんだ。個人情報、ダダ漏れで良いのか異世界! でも、英国の少女小説でも、まずは収入と財産チェックしていたから、必須条件なのかな?

キース王子は、首を傾げている。

「バーミリオン・ベルーシュが錬金術師だとわかっただけじゃないか?」

リチャード王子は、フッと笑いを噛《か》み殺している。

「ええ、それと海水を汲み上げるポンプを作れる錬金術師だというのもわかりましたわ。塩を作るのに、人が桶《おけ》で海水を汲むのは非効率的ですもの」

パチパチとリチャード王子が拍手した。

「やはり、ペイシェンスは理解が早い。まぁ、塩の作り方を考えたのだから、わかって当然かもしれないけどな」

褒められたのは嬉しいけど、キース王子が機嫌を損ねたら面倒くさいよ。

「貴族年鑑をキース王子が見つけて下さったので、ベルーシュの人口や産業もわかりましたわ」

「そうか！　キースも色々と学んでいるな！」

キース王子は、褒められて嬉しそうだ。マーガレット王女は、リチャード王子に褒められることに興味はなさそう。

「ペイシェンス、何か面白そうな産業なの？」

えっ、それは初めからリチャード王子が注意していたでしょう？

「羊をたくさん飼っていて、羊毛を刈って、毛織物をつくっていますわ」

まだ絹織物なら、少しは興味を持ったのかもしれないが、毛織物と聞いて、マーガレット王女はガッカリしたみたい。

毛織物って、コートや冬物の服とか毛布だよね。必需品だけど……？　海の近くなのに？　羊？　まぁ、フランスのモンサンミッシェルでも羊を飼っていて、潮風が当たる草を食べるから塩気がある肉で美味しいとか聞いたことがあるけどさ。

やはり、海の近くなら海産物じゃないの？

「ペイシェンス、地図をよく見てないな！」

キース王子が笑っている。

「地図は見ましたけど？」

リチャード王子にも笑われた。

「ベルーシュは海に近い街だが、すぐ側にケナム山があるのだ。そこに羊を放牧しているのさ」

へぇ、知らなかったよ。だってキース王子が地理の本を持っていて、横から読んだだけだったからね。

「あのう、放牧した羊は魔物に食べられないのですか？」

今度は二人に笑われた。

「普通の羊なら食べられるだろうが、オウィス、アリエースは、元は魔物だったのを家畜化した羊だから攻撃力もあるそうだ」

パッとマーガレット王女の目が輝く。

「アリエースがあるの？」

それまでは、なんだ、毛織物かって顔だったのにね。

「ふふふ……高級な毛織物には興味があるようだな。見学に行く暇があれば、寄っても良いが、昼食までに帰るようにと言われているからな」

それでも良い！　とマーガレット王女は嬉しそうだ。

「アリエースはそんなに良い毛織物なのですか？」

マーガレット王女に呆れられたよ。

「手触りも普通の毛織物とは違って滑らかだし、軽いのに暖かいのよ。高級な毛織物ぐらい覚えておかないと駄目よ」

前世のアルパカみたいなものかな？　どちらにせよ、貧乏なグレンジャー家には関係なさそうな高価な毛織物みたい。

「オウィス、アリエースの二種類飼っているのですか？」

リチャード王子が説明してくれた。つまりキース王子は詳しく知らないみたい。

「いや一種類の羊だが、雄をオウィス、雌をアリエースと呼んでいるのだ。オウィスの毛で作った毛織物には魔法を弾《はじ》く特性があるから、騎士団のマントに使われている。アリエースの毛織物は暖かさを保つ特性があるから、冬は大人気だ」

なるほどね！　なんて話しているうちにベルーシュの街が見えてきた。それにケナム山もね！

「意外と低い山なのですね」

もっと険しい山を想像していたよ。

「山羊なら険しい山でも飼えるだろうが、羊だぞ！」

ああ、勘違いしていたよ。アルプスの少女が飼っていたのは山羊だったね！

ベルーシュは、周りを壁で囲まれた城塞都市だけど、海には開けている。

「この壁は魔物対策ですか？」

キース王子が得意そうに答えてくれる。

「今は平和な世だから、魔物対策だが、前は小競り合いもあったからな。だが、魔物が街に近づく前に討伐するのが原則だ」

まぁ、魔物に近くにいてほしくはないよね。

騎士が門番に先に話していたから、フリーパスでベルーシュの街に入る。

「小さな街ですね」

少しガッカリ！　店とか見当たらないよ。

「王都ロマノに比べたら、どの街も小さいさ」

リチャード王子が、私とキース王子の会話を聞いて笑っている。

「先に用事を済ませよう！」


馬車はバーミリオン・ベルーシュの工房に着いた。

サッと降りたリチャード王子は、マーガレット王女に手を差し出す。スマートで良いな。

キース王子も真似をして、私をエスコートしてくれたよ。

「ようこそ、おいで下さいました」

この白髪のお爺《じい》さんがバーミリオンなのかな？

「ああ、大勢になってしまったが、早速注文したい」

リチャード王子は、テキパキと話を進める態度だ。

バーミリオンの工房の応接室らしき部屋に通されたが、あちらこちらに本の山が積まれている。

それに、ソファーは、一応は座れるように物をどけてあるけど、掃除してないんじゃない？　王族が来るのは知っていたと思うけど？

「ペイシェンス、お願い」

マーガレット王女は、埃を被ったソファーに座りたくないみたい。

「掃除しても良いですか？」

バーミリオンは、慌てて召使いを呼ぼうとしたけど、それをリチャード王子が制する。

「ペイシェンス、やってくれ」

許可が出たから「綺麗になれ！」と唱えたら、あらあら、こんなに素敵な応接室だったのねって感じになった。

「客が来るなら、掃除をしなくてはいけないと召使いたちが騒いだのですが、本や書類をあちこちに移動されるのが嫌で、自分で本をどけてはみたのですが……」

ははは、どうやら本を移動させたのはソファーの上からだけみたいだね。

やっと座って、注文をする。

「ペイシェンス、あれから何か思いついたか？」

私は昨日描いた図を差し出した。

「ふむ、ふむ、海水をポンプで汲み上げて、それを濾過してゴミを除くのだな。それを斜めの鉄板の上を流して天日で乾燥させ、濃い塩水にして、平釜で炊く。それでできた塩を乾燥させて出来上がりか！　よく考えているけど、岩塩の方が安いのではないか？」

すぐに理解したのは凄いけど、やる気がないのかな？

「確かに岩塩の方が安価かもしれないが、ハルラ山はデーン王国との国境にある。万が一の場合に備えないといけないのだ」

ハルラ山の位置もついでに調べたから、リチャード王子が懸念するのもわかるよ。

「海水から塩を作るのは面白そうだから、協力しますよ。汲み上げポンプはある！　このホースはどのくらいの長さが必要なのでしょう？」

リチャード王子が答えると思っていたよ。

「ペイシェンス、どのくらい必要なのだ？」

私が答えるのだね。

「なるべく綺麗な海水を汲み上げたいから、長い方が良いです。波打ち際は砂が多く混じりそうですもの」

ザッと図を描く。船にホースを積んで、沖合の澄んだ海水を汲み上げたい。

「ふむ、ふむ、ならかなり長いホースと強力な汲み上げポンプがいるな。濾過装置は他の人が作ったのがあるから、転用しよう。斜めにして海水を天日干しする装置は、循環させたらより濃くなるぞ。平釜は簡単だな。乾燥場は平らにして、風通しを良くしなくてはいけないし、屋根をつけないと雨で海水に戻ってしまう」

ブツブツ言いながら、サラサラと図を描いている。

このバーミリオンも生活能力がなさそう。でも、錬金術師としては優れているのかも？

「それをなるべく早く仕上げてほしい」

リチャード王子が注文を済ませたよ。あっ、お茶も出ていない。やれやれ！


「マーガレットやキースも一緒だから、ベルーシュ伯爵にも手紙を書いて送ったのだ」

馬車に乗って、ベルーシュ伯爵の屋敷に向かう。

「やはり錬金術師は変わっていますね」

キース王子としては、かなりソフトな言い方だ。リチャード王子が訪問すると決めた相手だからかな？

「だが、バーミリオンは有能だ。家政婦が気絶しなければ良いが」

王族が訪ねてくるのすら召使いたちは知らなかったみたい。帰る時、大騒ぎしていたのが聞こえていたよ。

勿論、ベルーシュ伯爵はそんなことはなかった。勢揃いして出迎えだし、通されたサロンはとても綺麗で心地良かった。

ベルーシュ伯爵夫妻との会話はリチャード王子に任せるよ。

和やかな会話と美味しい紅茶、そして砂糖ザリザリのケーキ。

「こちらの特産品のアリエースを売っている店を見学したいのです」

短時間で訪問を切り上げて、ベルーシュ伯爵の案内で毛織物の店に寄る。

マーガレット王女は手触りを楽しんでいたが、キース王子は退屈そうだ。

「これをお土産にお持ち下さい」

綺麗な青色のアリエースの生地を一巻きベルーシュ伯爵から献上されて、街を後にした。

それから一週間、午前中は勉強、たまに海水浴、昼からは音楽と夏の離宮の生活が続いたが、バーミリオンからポンプや濾過装置や天日干し装置、平釜などを作ったと報告があった。

リチャード王子は、あれからも何回かベルーシュに行っていたみたい。

「父上、明日、海水から塩を作る施設が完成します」

乾燥場も作らせたみたいだね。

「そうか、立ち会おう！」

バーミリオンも来ていて、陛下にお辞儀をしている。一応は、騎士爵みたいだね。貴族年鑑に載っていなかったけど？　後から調べたら、貴族年鑑のベルーシュではなくロマノの箇所に載っていた。ロマノ大学の教授を退官して故郷で工房を開いたみたい。騎士爵は、

騎士だけじゃないんだ。

「このたびは、リチャードを助けてくれて感謝している」

何故かベルーシュ伯爵も来ていたよ。やはり、バーミリオンは一族みたいだね。親の従兄弟って、なんて呼ぶのかわからないけど。従叔父だったかな？

おお、テープカットもするみたい。

「父上、どうぞ！」とハサミを陛下に渡している。

「いや、これはお前がした方が良い」

リチャード王子の功績にしたいみたい。

ハサミを受け取って、製塩所のテープカットだ。パチパチ！

王妃様も手を叩いているけど、これからが長いから、ここで離宮にマーガレット王女と戻った。

キース王子は、リチャード王子が大好きだから、残ったよ。私も一応は残る。

海水を汲み上げるホースをボートに載せて、海に出る。

「なるほど、綺麗な海水の方が良さそうだ」

陛下は残って、リチャード王子とバーミリオンから説明を受けている。

「すぐには塩にはならないのだな」

濾過して、斜めの天日干しの装置を通ってから、平釜に火がついたところで、全員が離宮に戻った。あとは、雇った人に任せて、昼食会だ。

暑かったから「綺麗になれ！」と唱えて、大人しく食べて昼食会は終わりだよ。

「そろそろ塩ができているでしょう」

サロンでかなり寛いでから、製塩所に戻る。夏の塩炊きは遠慮したいからね。

「もうできたのか？」

リチャード王子は、作る時間を調べていたみたいだし、今回は少量で早く作ったようだ。

「ええ、初めてだから、少なめです」

製塩所で、できたての塩を皿に取って、少し舐《な》めてみる。

「しょっぱい！」キース王子が叫んでいる。多く舐めすぎだよ。

「いや、塩だからしょっぱいのは当たり前だが、少し甘味を感じる」

そうだよね！　岩塩よりミネラル分が多いから、旨味《うまみ》成分があるんだ。

「これは、高くても売れるかもしれないな」

リチャード王子は嬉しそうだ！　ハルラ山の岩塩より高価になりそうだけど、需要も見つけられたからね。

「リチャード、バーミリオン、ペイシェンス、ご苦労だった」

やれやれ、やっと塩作りから解放されるよ。

第四章　裁縫教室

陛下は二週間ほどしか夏の離宮に滞在されなかった。

見送る王妃様は少し寂しそうだ。王宮では陛下は忙しくて一緒の時間がなかなか取れないみたい。私は緊張が解けて、ホッとしたよ。

それと海水から塩を作るのを手伝った褒美を下さるみたい。やったね！　お金だったら良いなぁ。なんか金に汚いように聞こえるけど、本当にお金がないのは首がないのも同じだよ。ここらへんは犠牲的精神のペイシェンスと違うなぁ。

海水から作った塩は大きな袋でもらったけど、それがご褒美じゃないよね？

陛下を見送って、ご褒美は何かな？　なんて欲張ったことを考えていたら、罰が当たった。

「そうだ、ペイシェンスに乗馬を教えてやると約束していたのだ」

キース王子は、乗馬なんか忘れて良いのに、忘れてなかった。そんな記憶力、古典に使えば良いのにねと内心で悪口を言う。

マーガレット王女は、陛下を見送った傷心のビクトリア王妃様に捕まって、直接、縫い物の指導をされるようだ。

私は、キース王子にドナドナされて馬場だよ。裁縫の方が良い。ぐっすん！

「ペイシェンスは馬を大人しくできるぐらいだから、大丈夫かと思ったが……ポニーから始めるか」

馬って側で見ると大きいんだよ。蹴られたら死ぬよ。生活魔法で大人しくさせても、怖いのは怖い。

ナシウス、こんなのに乗るのは無理じゃない？　男子も家政を取れるのかな？　ヘンリーは喜んで乗りそうだけどね。

馬丁がジェーン王女やマーカス王子のポニーを連れてきた。あっ、ジェーン王女は私に用意された馬に乗るみたい。

「えっ、跨《また》いで乗らないのですか？」

「当たり前だろう。お前も一応は女なのだ。自覚を持て」

キース王子にボロクソに言われたよ。今度、古典で何か仕返ししてやろう。

ジェーン王女はサッと大きな馬に貴婦人乗りをする。普通は馬丁が足を支えるか、乗馬台を使うんだけどね。やはり、身体強化系だ。

馬丁に乗り方を教えてもらう。レディは馬に跨がったりしないのだ。私は乗馬台を使って、どうにかポニーに乗る。

「貴婦人乗りは、見た目より安定しますよ」

まぁ、乗馬訓練の眼福はユージーヌ卿だよね。本当に素敵だよ。永遠の少年っぽいんだよね。

あっ、活発なジェーン王女の遠乗りの付き添いですか……去っていくユージーヌ卿も格好良いね。

キース王子も一緒に行けば良いのに、無様な私のポニー乗馬に口を出す。私は、可愛いマーカス王子と一緒に馬丁に手綱を引いてもらってパカパカ歩かせるだけで良いよ。満足しているの。

「ほら、自分で手綱を持って歩かせてみろ」とか余計なお世話だよ。

王子や王女のポニーだから、大人しいよ。それに馬丁が側に付き添ってくれているから、マーカス王子のポニーの後ろをついて歩くし。これで今日は良いんじゃない。

「早足にさせろ」とか言わないで。馬丁はキース王子の言うがまんまだよ。

「ほら、背中を真っ直ぐにしろ！」

早足だと怖いから、ポニーに抱きつきそうになったら、即、注意が飛んでくる。

「ポニーでそんなに下手では、馬になんか乗れないぞ」

だから馬に乗りたいと言ってないでしょう。私は自動車が走っていた前世を思い出して泣きそうだ。馬なんて好きな人が趣味で乗るだけだよ。

「もう、疲れました」と馬丁に頼んで、乗馬台にポニーを連れていってもらい、やっと下りられた。ホッとしたよ。

だってポニーが歩くたびに上下するんだよ。それにポニーからでも落ちたら怪我《けが》するじゃん。

「ペイシェンス、勉強ばかりしていては駄目だぞ。もっと身体を鍛えなくては」

その通りだけど、腹が立つ。本当のことを指摘されるのって、嫌だね。

「明日から、海水浴と乗馬の訓練だ」

勝手に決めないでほしいよ。リチャード王子と剣の稽古でもしといて！　でも、リチャード王子は塩作りに熱中しているんだよね。

製塩所に通っては、改善点をベルーシュにまで行ってバーミリオンと話しているみたい。キース王子も連れていってほしいよ。

「キース兄上、明日も乗馬ですか？」

「一緒にポニーに乗るの？」

まぁ、ジェーン王女とマーカス王子はキース王子と遊べて楽しいみたいだね。本当に異世界に来て一〇歳未満の子どもって子守り任せなんだもん、驚くよ。

あっ、でも庶民は違うんだろうね。私は庶民の生活も知らないよ。知っているのは貧乏貴族の生活だけ。

「そうだな。乗馬ばかりではなく、折角、夏の離宮に来ているのだ。海水浴もしなければな」

「やったぁ！　明日もキース兄上と遊べる」

マーカス王子の笑顔だけが、私の癒しだよ。キース王子？　あれは見かけだけだね。中身はガキ大将だよ。

私が「明日は海水浴だ！」とキース王子に言われてうんざりして離宮に帰ったら、マーガレット王女は半分死んでいた。

裁縫、そんなに嫌いなのですね。でもって飛び火した。

「明日はペイシェンスも裁縫をしましょう。マーガレットのお手本になってほしいわ」

海水浴の方が良かったかも。乗馬なら裁縫の方がマシだけどね。たとえ王妃様の監視の元でも、私はプロ級だもん。

「そうだわ、ジェーンも再来年は学園なのね。あの子が裁縫なんてできるとは思えないわ。丁度良いわ、ペイシェンスに教えてもらいましょう。子守りやメイドが甘やかすから裁縫が上手くならないのだわ」

王妃様、私に丸投げですか？　あっ、一日でマーガレット王女に裁縫を教えるのに嫌気がさしたのですね。酷い。

次の日、普段は子ども部屋で子守りや家庭教師に世話されているジェーン王女がサロンに連れてこられた。

　あの活発なジェーン王女がとてもお淑やかにしている。ジェーン王女にはビクトリア様は母親である前に王妃様みたいだね。

「ジェーン、今日はマーガレットと一緒にペイシェンスから裁縫を習いなさい。学園では家政の時間があるのです。そして、その作品は展示されるのですよ」

　マーガレット王女とジェーン王女は「はい、お母様」と素直に返事をするが、私が教えるんですか。できるかな？

　針なんか持ったことがないだろうジェーン王女に糸の通し方から教える。

「糸の先を尖《とが》らせて、針の穴に集中すればスッと通りますよ」

　初心者には難しいよね。前世の糸通し機、作ったら売れるかな？　極細の針金作れるかな？

「無理だわ。針の穴が小さすぎるのよ」

　初心者には小さいかな？　刺繍針でしょう。

「では、こちらの針に刺繍糸を通して下さい」

　刺繍糸は何本かを通さなくてはいけないが、なんとか通せた。

「できたわ！」おお、第一歩は合格ですね。

「とても上手ですね。では、その糸の端に留め玉を作りましょう。そうしないと、せっかく縫ってもほどけてしまいますからね」

私も刺繍糸を針に通して、玉結びを作ってみせる。ジェーン王女は身体強化魔法だね。私のしていることを無意識に身体強化を使って真似をする。

「ほら、できたわ」

「お上手ですわ。では、布を持って針で一目縫ってみましょう」

前世の『やってみせ、言って聞かせて、させてみせ、褒めてやらねば、人は動かじ』の心境でジェーン王女に裁縫を教える。

「真っ直ぐに縫えましたね。細い糸で、このくらい縫えたら一年生の課題は合格ですよ」

春学期の家政の課題はこんな程度だったからね。ジェーン王女は身体強化でどうにかするだろう。

「まぁ、ペイシェンスは教えるのが上手ね。マーガレットにも教えなさい」

マーガレット王女は、手先は不器用ではない。だってハノンのアルバート先輩の超絶技巧曲だって易々と弾いているのだ。要するに興味もなければやる気もないのだ。

馬に人参《にんじん》作戦だ！　昨日、馬に乗ったから思いついたわけじゃないよ。

「マーガレット様、縫い方の練習ばかりでは飽きてしまわれるでしょう。髪飾りを作りませんか？」

王妃様の許可をもらって女官に綺麗な色の絹やレースを持ってきてもらう。

「どの色が良いかしら？」

嫌々縫い物の練習をしていたマーガレット王女も、色とりどりの布を楽しそうに選ぶ。

「お母様、私も髪飾りを作りたいわ」

ジェーン王女も一緒に作ることになった。

「リボンを作るのは簡単ですよ。こう裏を表にして重ねて、ぐるりと縫うだけです。あっ、真ん中は縫わずに開けておいて下さいね。ひっくり返す時に使いますから」

私は説明しながら、素早く縫う。そしてひっくり返して、そこを縫い縮めればリボンが出来上がった。

「あら、簡単に作れるのね」

やっとマーガレット王女が興味を持って縫い始める。

「縫い上がったら、二人でお揃いの髪飾りをつけて『二台のハノンの為のソナタ』を合奏しましょう」

ぶら下げられた人参で、マーガレット王女は真剣に縫う。お陰で髪飾りが出来上がった。

「音楽クラブでもお揃いの髪飾りで、合奏しましょう」

音楽愛が止まらないね。

「私もできたわ」

ジェーン王女も慣れない細い針に苦労していたが、作り上げて満足そうだ。

「ペイシェンス、貴女は本当にユリアンヌにそっくりだわ。彼女も人に教えるのが上手かったの」

それから数日は、午前中は裁縫教室だった。楽しく簡単に作れる小物を考えては、教える。

「これは可愛いわ！」

小さな巾着は、小物を入れるのに良いよね。それに、離宮には綺麗な絹の端切れがいっぱいあって、パッチワークにしたから可愛くできた。

「色合わせで、雰囲気が変わるわ！」

マーガレット王女もジェーン王女も色合わせが楽しいみたい。簡単な三角を二つ組み合わせて、四角を繋《つな》いでも面白いよね。

マーガレット王女は、明るいピンクやブルーでフェミニンなパッチワークになったし、ジェーン王女は、赤や黄色で元気がいい感じの作品を作った。

私は、材料があるならと色々と作りまくったよ。貧乏性だからね。夏物のベッドカバーを簡単な四角繋ぎで作る。これって、布を切る方が、時間がかかるね。

ピーシングが出来上がったので、広げてみる。色が固まっていたらやり直しかなと思ったけど、うん、大丈夫。本当は設計図を書いてパッチワークするのだけど、四角の生地をランダムに繋げただけだ。でも、これはこれで可愛い。

「まぁ、こんなベッドカバー、見たことないわ！」

　マーガレット王女の声に、サロンで本を読みながら裁縫教室を監視していた王妃様も驚いた。

「これは素敵ね！　端切れでベッドカバーができるのね」

　これは赤や黄色やピンク系の端切れだから、私のだよ。ブルー系やグリーン系や灰色で弟たちのも作る。良いお土産になりそう！　裏地は絹ではなく、木綿にして、中綿はなしにして、表地と裏地を四角の縫い目に沿ってキルティングしていく。キルティング枠は、刺繍の大きな枠を貸してもらった。

　私が三枚のベッドカバーを縫っている間に、マーガレット王女とジェーン王女は、何日もかけてパッチワークを終え、小袋を仕上げた。

　マーガレット王女は、縫うのが凄く遅い。大丈夫かなと心配になるレベルだよ。

「マーガレットとジェーンの小袋も可愛くできています。これからも裁縫を練習しなさい。でも、夏休みはもう良いでしょう」

　ビクトリア王妃様もマーガレット王女が不器用ではないと知り、縫い物から解放してくれた。あとは慣れるしかないよね。

　そのせいで、私はキース王子とマーガレット王女の板挟みになったけどね。

「ペイシェンスは体力がない。だから、姉上がダンスの修了証書を取らそうと頑張られても無理です。夏休み中に体力をつけなくてはいけないのです」

キース王子の正論に、マーガレット王女も時々は海水浴や乗馬をして良いと許可する。

いや、乗馬はいらないよ。

キース王子にしごかれて、ポニーを卒業して馬を歩かせるようにはなったよ。

歩かせるというか、前の馬について歩いているだけだけどね。

海水浴は楽しんだ。泳いだり、マーカス王子と砂遊びしたりしてね。

段々と服で泳ぐのも慣れたから、少し体力強化に励む。

海は身体が浮くから、平泳ぎで長い間泳ごう！

「変な泳ぎ方だな！」

こちらはクロールか犬かきみたいな泳ぎ方しかないみたい。

「これだと長い間、泳げるのです」

スピードはないけどね。いや、平泳ぎの選手とかは早かったけどさ。

それに泳ぐのに疲れたら、仰向けになってぷかぷか浮かんで雲を眺める。

「ペイシェンス！　大丈夫か？」

クロールでキース王子がやってきたので、顔に水飛沫《しぶき》が飛んだよ。

「浮かんで、寛いでいたのです」

クッ、キース王子ときたら「変な女だ！」と捨て台詞《ぜりふ》を吐いて、盛大に水飛沫を上げて去っていった。

本当に、マーカス王子とは大違いだよ。マーカス王子と砂でお城を作って遊ぼうと思ったけど、キース王子に泳ぎ方を習っている。ちぇっ！

一人で城を作りかけていたら、ジェーン王女がやってきた。

「子守りが一人で泳いでは駄目だと言うの、砂の城を作るのを手伝うわ」

マーガレット王女は、パラソルの下で読書中だ。

「ええ、大きな城を作りましょう！」

そう言ったけど、これは大きすぎるよ。前世のサンドアートレベルだ。

これは、途中から参加したキース王子のせいだね！

人の背よりも高いお城ができた。

「わぁ、凄いです！」マーカス王子が喜んでいるから、良いけどね！　可愛い！　ああ、ヘンリーと同じ年なんだね。元気にしているかな？　海水浴に連れていってあげたいな。ナシウスと同じ年のジェーン王女を見ても、そんなに思い出さないのは男女で違うからかも。

ああ、弟《エンジェル》たちに会いたいよ。

午後からはリュートの練習やハノンの演奏をして過ごす。それと、時々は台所へお邪魔してスイーツも作ったよ。

レシピは渡していたけど、紅茶のパウンドケーキは出てこない。きっと、茶葉を入れるのを躊躇《ちゅうちょ》しているんだろう。

「紅茶の茶葉を砕いてパウンドケーキに入れても美味しいですよ。でも、お子様には向かないかもしれませんから、果物をシロップ漬けしたのを刻んで入れても良いですね。あっ、シロップ漬けはあまり甘くしないで下さい」

美味しいスイーツと香り高い紅茶、とても優雅な時間だ。

でも私は、ナシウスとヘンリーがちゃんと世話されているだろうか？　ジョージ一人で庭や畑の手入れは大丈夫なのか？　内職したい！　なんてことを考えていたんだ。やはり、貧乏だと優雅になれないね。

そんなことをぼんやり考えているとマーガレット王女に、新曲を書きなさいとか言われる。トホホ。

こうして、夏の離宮での夏休みは過ぎていった。

第五章　夏休みの終わり

一月半も滞在して夏の離宮からやっと帰ってきた。

まずは弟《エンジェル》たちを抱きしめて、思いっきり香りを吸い込む。ああ、お日様の香りと土の匂いがするよ。うん？　何か土いじりしたのかな？

「お姉様、お帰りなさい」

「お帰りなさい」

ここは天国だよ。でも、留守の間、何をしていたか話さなきゃ。あっ、その前に渡す物もあるよ。

「二人にお土産があるのよ」

貝殻を渡すと、とても喜んでくれた。

「お姉様、図鑑で調べます」ナシウスは勉強好きだね。本当に良い子だ。

「この貝殻、格好良いですね」

ヘンリーは白のとげとげの巻貝の貝殻を持って走り回る。こけないでね！

「私たち、マシューを手伝ってトマトやナスを採ったんです」

マシュー？　誰それ？　屋敷に帰って変化に驚いた。なんと使用人が一人増えていたのだ。下男のジョージの手伝いにマシューが雇われたのだ。私はお金が払えるのか心配になる。だってメアリーは内職しているし、エバは他で働いてハムを得ていたぐらいグレンジャー家は貧しいのだ。

荷物の片付けをしてからベッドカバーは弟たちに渡すよ。

その前に、ワイヤットを捕まえて質問しなきゃ。

「お嬢様、マシューはエバの甥《おい》ですから信用できます。それに、そのような瑣末《さまつ》なことはご心配なさらなくてもよろしいのですよ」

あっさりと軽くいなされた。仕方ないからメアリーに聞く。

「ねぇ、マシューはとても若そうだけど、何歳なの？」

マシューはどう見ても大人には見えない。

「確か、一三歳だと言っていましたよ。外に働きに行くのが遅いぐらいです」

異世界には児童労働の法律はなさそうだ。外に働きに出るのは一〇歳から一三歳ぐらいからだが、農家や商家はもっと幼い頃から手伝わされる。一三歳で独立なんて早いよね。だけど、それは庶民の話だ。貴族は王立学園を卒業しないと、就職も結婚もできない。

「一六歳かぁ、女子は家政コースで花嫁修業して、卒業と共に結婚するのね」

男子は大学に進学したり、騎士団に入団したり、官僚になったり、領地の管理の仕事を手伝ったり、色々と選択の余地がある。

でも、女子は、結婚以外は女官の道しか今はなさそうだ。ごく稀《まれ》に貧乏な下級貴族の娘が上級貴族の令嬢の家庭教師になったりして持参金を自力で稼ぐとかもあると、シャーロット女官から聞いた。

マーガレット王女のお目覚め係を一生する気はない。でも、熱いタオルでマッサージしてもなかなか起きないので、夏の離宮では毎朝起こしていた。特に王様が滞在されていた時に朝食に遅刻はまずいからね。それでシャーロット女官とはかなり仲良くなれたよ。でも、父親が何故クビになったのか聞けるほどではないんだよね。これは微妙な問題だから口にしにくい。


夏の離宮に持っていった物をメアリーが片付けている。私は手伝わないよ。メアリーは本当に侍女の仕事が好きだもん。

私は窓辺でぼんやりと青い空と白い雲を眺める。

「もう夏の盛りの雲じゃないわ。折角の夏休みが、離宮に行ったせいで、ほとんど終わってしまった」

嘆く私をメアリーは理解できなさそうな目で見る。確かに夏の離宮は素晴らしいロケーションだし、料理も美味しい。それにスイーツも改良されたしね。

でも、弟たちがいないんだよ。そりゃ、生意気なキース王子や可愛いマーカス王子もいたよ。でも、うちの弟たち《エンジェル》に勝るものはないよ。

秋学期が始まるのは八月の終わりだ。まだ二週間はある。そう、失った日々を嘆くのではなく、まだ残っている夏休みを弟たちと楽しむのだ。

気になっていた温室と裏庭の畑を見回る。温室のトマトやナスやキュウリは順調だし、薔薇《ばら》の挿木も大きくなっている。

「大きくなれ！」成長を後押ししておく。

裏庭ではマシューが豆を採っていた。茶色の髪と茶色の目、エバと同じ血を感じる。

「貴方がマシューね。私はペイシェンスよ」

マシューは、麦藁《むぎわら》帽子を取ってペコリとお辞儀した。まだ屋敷に慣れてないみたいだ。

私もまだマシューに慣れてないので、目の前で生活魔法で育てるのはやめておく。それに地植えの夏野菜は順調に育っているしね。

果樹もチェックする。

「あっ、林檎《りんご》がなっている！」

まだ小さくて青いけど、林檎だよ。他の果樹も調べる。梨も小さな実をつけている。植えた年なのに、上出来だよ。生活魔法のお陰だよね。

さくらんぼは、間に合わなかったけど、来年が楽しみだな！

今夜のデザート用に林檎を数個手に持って「大きくなれ！　甘くなれ！」と唱える。味見はできないけど、多分、甘くなっている。

林檎をエバに渡した後、食料保存庫に行く。真っ赤なトマトソースの瓶、緑のキュウリのピクルスの瓶、赤い苺《いちご》ジャムの瓶、オレンジの人参の酢漬けの瓶。それに棚の下には乾燥させた豆が入った粗袋が積まれているし、木の箱には芋が山盛りになっている。キャベツの塩漬けが何樽《たる》も整列している。玉ねぎは茎を編んで天井から何本も吊《つ》り下げてある。

海水塩も隅っこに置いてある。これで保存食を作る塩を買わなくて済む。

「もっと保存食を作らなきゃ。棚がいっぱいになるまでね」

ひもじかった記憶が、もっと、もっと私を急《せ》き立てる。田舎なら小麦も作れるかもしれないけど、裏庭には限りがある。何か穀物も植えたい。ジョージに相談しよう。

「小麦以外の穀物はないかしら？　大麦とかは駄目よ」

ジョージは、またお嬢様が変なことを言い出したと、首を傾げて考えている。

「とうもろこしは穀物になるのですか？」

とうもろこし、夏といえば焼きとうもろこし、湯がいたとうもろこしだよ。あるとは知らなかった。それにとうもろこしでパンもできるよね。パンなんて焼いたことないけど、エバに試してもらおう。

そうだ、異世界物では林檎で天然酵母を作って、ふわふわパンを焼くのが定番だよね。確か、清潔な瓶に林檎を切って入れて一週間ぐらい時々振るんだったけ。

「私には生活魔法がある。清潔にするのも、発酵させるのも楽勝だよ。多分ね」

台所に戻り、エバに保存瓶を出してもらう。

「林檎を一個小さな角切りにして、清潔な保存瓶に入れて。そして一週間、毎日振るのよ。でも、今回は私が生活魔法を掛けるわ」

生活魔法って凄く便利。保存瓶を「清潔になれ」と清めて、エバが切った林檎を入れ「発酵しろ」と唱えると、なんてことでしょう。自然酵母ができました。

「エバ、この自然酵母を使って、パンを焼いてみて。きっと柔らかなパンが焼けるわ」

家のパンが固いのは、安い小麦粉を使っているからだ。学園や離宮のような真っ白な小麦粉で焼いたパンじゃない。近頃は薄い茶色になったけど、前は濃い茶色だった。全粒粉だって天然酵母を使って焼けば、少しは柔らかくなるだろう。

そのうち、お金を儲けて白いパンをエバに焼いてもらおう。

その夜に出たパンは少しふかふかになっていた。天然酵母のお陰なのかも？

父親も美味しそうに食べているけど、陛下には免職になった理由は聞かなかった。聞こうかな？　と思ったけど『駄目ぇ！』とペイシェンスに言われて、口を閉じた。久しぶりの頭痛だよ。

「ペイシェンス、疲れたのか？」

まさか、貴方の娘のペイシェンスの攻撃で頭痛ですとは言えないよ。それに、身体は娘のままだから、複雑だね。

「いえ、少し旅の疲れが出たようです」

今夜は、ゆっくりと休もう！


次の日から、午前中は弟たちの勉強を見ながら、自分も勉強をする。学年飛び級したいからね。

早く王立学園を卒業して、働きたい！　そうしたら、ヘンリーの騎士に必要な馬や武具を揃えてあげられる。

私の留守中も、父親が勉強を見てくれていたから、ナシウスはもう学園の勉強をしている。ヘンリーもかなり進んでいた。

「二人とも頑張ったのね！」

きちんと褒めないと、勉強する気がなくなるよね。

「ええ、午前中は勉強をしました。でも、ハノンは練習曲ばかりなので……」

ああ、そうだよね！　ナシウスは簡単な練習曲は卒業だよ。

「新しい楽譜を書きますから、午後からは練習しましょうね」

『エリーゼの為に』『トラキッシュマーチ』『子犬のワルツ』『トロイメライ』『メヌエット』

……音楽クラブの新曲の中で、弾きやすそうなのを選んで楽譜を書く。

ヘンリーには小品集を練習させる。

「左手の練習をした方が良いわね。退屈だけど、指の練習曲もしましょう」

私も好きじゃなかったけど、指がよく回るようになるよ。

ナシウスは新曲なので、楽譜を見ながら片手ずつ練習している。普通はそうだよね！

音楽クラブのメンバーは初見で弾く。まぁ、私も初見で弾く練習はしているけどさ。

貧乏なグレンジャー家にはお茶の時間はない。でも、今日は違うよ！　シェフがレシピを教えたお礼に、クッキーとパウンドケーキをお土産にくれた。

クッキーは日持ちするから、パウンドケーキから食べる。

書斎に引き籠もっている父親も呼んで、庭の生えているハーブティーとパウンドケーキでお茶だ。

「お姉様、美味しいです！」

ヘンリーは、パウンドケーキにご機嫌だ。シュガーハイにならないように、後で農作業を手伝おう。

でも、普通の子ならシュガーハイにはならない薄さだよ。エバは本当に薄く切りすぎ！

楽しい日々は過ぎるのが早い。メアリーが制服を持って部屋に来た。

「夏休みに少し背が伸びられたみたいですから」

こちらの貴族の令嬢のスカート丈は、年齢で決まっている。大人びて見せたいから、それよりも少し長めを着ている女学生が多い。

私は、秋に一一歳になる。初等科二年生の中では一番年下だし、チビなんだよね。

同じクラスの女学生はふくらはぎが隠れる長さの子もいる。マーガレット王女もこの長さだ。

久しぶりに制服に袖を通すと、あららパッパッだ。前はガリガリだったからね。

「まぁ、これは駄目ですわ！　違うサイズの制服を持ってきます」

メアリーの嬉しそうな悲鳴だよ。サイズが小さくなったってことは、ちゃんと成長している証《あかし》だからね。身体の弱った母親に似たペイシェンスを心から心配していたのだろう。

「夏の離宮でご馳走《ちそう》を食べたし、泳いだり、乗馬やダンスの練習で運動が足りたからかも？」

それと、成長期だからね！　母親もそんなに背が高くなかったみたいだけど、前の一年のクラスでも一番チビだったから、頑張って大きくなりたい。

それからお古の中の二番目に小さな制服を新品同様にして、サイズ直しだ。かなり、大きいんだもの。

弟たちの服もピチピチだ。そちらも縫い直さなきゃいけないし、マシューにも服を支給しないといけないみたい。ふぅ、古着をメアリーが買ってきたのを新品同様にして、少しサイズを調整する。

「夏休みなのに、裁縫ばかりだわ！」

残り少ないのだ！　もっと弟たちとの時間が欲しい。でも、夜は蠟燭《ろうそく》が必要だから、やはり昼間に縫い物をすることになる。

午前中も弟たちに勉強をさせながら、裁縫だよ。午後からは、少しだけ遊ぼう！

でも、やはり畑仕事になっちゃうんだよね。冬までにパントリーをいっぱいにしたいから。

「キャベツは重たいから、ジェームズとマシューに運ぶのは任せましょう」

メアリーはエバを手伝って、キャベツを洗って刻んで、塩を振って樽に漬け込んでいる。まだ、全部は保存食にはしないけどね。

キャベツがこれから毎回テーブルの上にのりそうだ。

付け合わせは十分だけど、メインの肉は買えるかな？　ワイヤットがまた壊れた骨董品《こっとう》を見つけたら良いのだけど。

私は、弟たちとも遊びたいけど、ティーカップに細密画の絵付けの内職をする。生活魔法を全開にして、どんどん数をこなすよ。

それと、王妃様に端切れを箱いっぱいもらったから、それを細かく切って、パッチワークした小袋を縫う。

「まぁ、とても素敵な小袋ですわ」

メアリーにこれは売ってきてもらった。かなり良い値段で売れたのは、上等な絹だったからかも。

弟たちと遊ぶ時間は少ないけど、側にいるだけで幸せ！　だって天使を間近で見られるんだよ。

ああ、でも、夏休みも終わりだ。また寮生活になるから、週末しか会えなくなっちゃうよ。

第六章　音楽の女神……アルバート視点

私はアルバート・ラフォーレ。ラフォーレ公爵家の次男だ。お陰で一生、音楽に没頭して暮らせる。兄上《チャールズ》は、貧乏くじを引いたな。父上も音楽にしか興味がないので、兄上は大学を出ないうちから領地経営に忙しくしている。

私は王立学園の中等科に進んだが、芸術家コースがないとは嘆かわしい。仕方ないから文官コースを選択した。さっさと必須科目の修了証書を取り、音楽に没頭したい。

「アルバート、音楽クラブには新入メンバーは入ったのか？」

魔法使いコースを取った変人のカエサルに話しかけられた。彼奴《きやつ》はバーンズ公爵家の嫡男だ。気の毒な話だ。彼奴の父親はバーンズ商会などを立ち上げて、うちの兄上《チャールズ》などに崇拝されている。

彼奴は錬金術にしか興味がないのに、嫡男だからいずれは、商会や領地経営などをしなくてはいけないのだ。

「さぁ、音楽クラブはメンバーの推薦がなくては入部を認めないからな。そういえば、メリッサ部長が確かマーガレット様が一人推薦されるとか言っていたな」

彼奴が珍しく羨ましそうな目をした。

「錬金術クラブにはなかなか初等科の学生は入ってくれないのだ。一昨年、ベンジャミンが入ってから、誰もだ」

何を言いたいのかわかった。つまり錬金術クラブは廃部の危機なのだ。

「今は何人だ？」

「今は五人だが、そのうちの二人は六年生だ。その上、私に春学期から部長を譲るぐらいだから当てにできない」

学生会の規則ではクラブは五人以上いないと廃部になるはずだ。だが、所詮は他人事だ。

「頑張って勧誘するのだな」と言い捨てて、音楽クラブに急ぐ。

今日はマーガレット王女の推薦する新入メンバーが来るのだ。カエサルの愚痴なんか聞いている場合ではない。

クラブハウスに着いたが、マーガレット王女はまだ来ていない。あの学友たちと無駄話でもしているのか？　あの三人は音楽クラブに相応しくないし、才能もない。

やっとマーガレット王女が学友三人と新入生を連れてやってきた。

「マーガレット様、こちらが推薦された新クラブメンバーなの？」

メリッサ部長が声を掛ける。

「ええ、メリッサ。丁度良かったわ。皆さん、こちらが私の側仕え、ペイシェンス・グレンジャー。音楽クラブに推薦するわ」

メリッサ部長はにっこりと笑い、握手している。そんなことよりペイシェンスとやらは音楽クラブに入る資格があるのか？　他の学友と同じなら迷惑だ。

「ようこそ音楽クラブへ。ここでは身分なんか気にしないで自由に音楽を競い合うのよ。私は部長のメリッサ・バーモンド。こちらは、副部長のアルバート・ラフォーレ」

ペイシェンスは、ガリガリでチビの女の子だった。紹介されたので会釈はしておこう。

「ねぇ、早速だけど、何か演奏してほしいわ」

「そうね、私も聞きたいわ」

マーガレット王女の学友たちは性格が悪い。だが、私も聞きたいから黙っておく。

「そうね、ペイシェンス、昨日渡した新曲をお願いするわ」

なんと、ペイシェンスは私の作った新曲を弾いた。あの譜面をマーガレット王女に渡したのは、つい最近だ。

「まぁ、さすがビクトリア王妃様が選ばれた側仕えだけあるわね」

キャサリンは褒めていたが、私は不満だ。

「でも、もう少し情感を込めてほしかったな。譜面のままでは味気ない」

一応、改善点を伝えておく。まぁ、ペイシェンスの腕前はそこそこだ。合格点ギリギリだな。

「まぁ、昨日一度しか弾いてないのだから仕方ないじゃない。アルバートの曲だからと意地悪しては駄目よ」

マーガレット王女の言葉で驚いた。一度であの程度弾けるなら合格だ。

「でも、作曲できないといけませんわ」

マーガレット王女の学友のハリエットは、見た目は甘いが、底意地が悪い。だが、その通りだ。

「そうね、新しいメンバーに新しい曲を期待してしまうのはわかるけど、少し慣れてからにしましょう」

メリッサ部長は纏めるのが上手い。その後は、次々とメンバーがハノンやリュートやフルーを演奏した。私もリュートを弾いた。

全員が弾いた後、マーガレット王女がペイシェンスにもう一曲弾くようにと言い出した。マーガレット王女が持っている新譜は全部弾かれているし、有名な曲も演奏済みだ。どうするのだろう？　まだほんの子どもなのに気の毒だとは思ったが、ここは音楽クラブなのだ。才能がないなら、マーガレット王女の側仕えでも居る資格はない。

それに、マーガレット王女の学友三人がレベルを下げているのに、私はうんざりしていたのでスルーしてしまった。

『何か名曲を弾くのだろう？』あまり期待していなかった私はペイシェンスの弾くハノンの曲に心を揺さぶられた。

明るく、軽快で、まるで天上から舞い降りた音楽の女神が弾いている曲のようだ。だが、美しい女神の降臨はあっという間に過ぎ去った。

「申し訳ありません。タッチミスしてしまいました」

皆がシーンと静まっている中、ペイシェンスがタッチミスを謝っている。

「いや、指のタッチミスなんか問題ないよ。君、ペイシェンスだったっけ。凄い才能だよ」

私はハノンの前に座っているペイシェンスの横に跪《ひざまず》いて、手にキスをした。この手があの天上の音楽を生み出したのだ。愛《いと》しい手に頬ずりする。このまま屋敷に連れて帰りたい。そして、音楽の女神の降臨に浸るのだ。

「アルバート、私の側仕えに勝手な真似は許しませんよ」

マーガレット王女がそれを阻止した。仕方ない、今日は我慢しよう。いつかペイシェンスの音楽と共に生きるのだ。


それからもペイシェンスは素晴らしい新曲を作った。本当にマーガレット王女の側仕えなどしている場合ではないのにと腹が立つが、どうやらビクトリア王妃様が決められたことらしいので仕方がない。

青葉祭には音楽クラブは新曲発表をするのが伝統だ。私も素晴らしい超絶技巧の新曲を作曲中だ。

ペイシェンスにはどんどん新曲を作ってもらいたい。何故ならマーガレット王女の腰巾着共の新曲とやらは昔の曲の焼き直しに過ぎないからだ。あれでは音楽クラブの恥になる。だから才能ある者は、なき者に与えるべきだと考えている。やっとペイシェンスが来た。

「ペイシェンス、新曲の楽譜はできたのか？」

一刻でも早く楽譜を見たいと思うのに、マーガレット王女は、自分は既に聞いているからか注意をする。これが逆なら飛びついていただろう。

「アルバート、少しは落ち着きなさい」

マーガレット王女はまだ良い。彼女は音楽を心から愛しているからだ。だが、三馬鹿娘は許し難い。

「あまりにもペイシェンス様ばかり新曲の発表をされるのはいかがなものかしら？」

「マーガレット様、ペイシェンス様もお疲れになりますわ」

などと口にする。お前らの腐った根性は見え透いている。ペイシェンスの才能に惚《ほ》れ込んだマーガレット王女の気を引きたいだけだ。腰巾着共め！

「何を馬鹿なことを言うのだ。ここは音楽の才能を競うクラブだ。キャサリン様、ハリエット様、リリーナ様、貴女方も新曲を何曲も提出したら良いだけではないか」

「まぁ、アルバート様は酷い言い方ですわ」

「レディに対する礼儀も守らないとは、公爵家も教育不足なのでは？」

「公爵夫人が不在だから、御子息の教育に目が行き届かないのよ」

「うん、うん！」

リリーナは頷いてばかりだけど、ハリエットの亡き母上を侮辱する言い方は腹が立つ。

「そこの馬鹿者！　其方《そなた》たちこそ、古い曲を少しだけアレンジして新曲だなんて、恥ずかしくないのか？　音楽クラブの恥さらしだ！」

「酷いわぁ」

「乱暴な言い方は、品位がありませんわ」

「そう、そう」

私の正論に三馬鹿娘は、感情論で反撃する。全く脳味噌《みそ》はないのか？　思わず激論になってしまった。低次元の言い争いなどしたくないのに。

「ペイシェンス、暇そうね。ハノンで新曲を弾いて」

マーガレット王女も三馬鹿娘には呆れたのだろう。ペイシェンスに新曲を弾くように命じた。あんな奴《やつ》らに構っている場合ではない。

私は椅子に座ってペイシェンスの新曲を聴く心の準備をする。前の数曲は軽快で明るくて素晴らしかった。今回のも同じなのだろうか？　期待で胸が高鳴る。

さすがにあの文句をつけていた三人も椅子に座った。よし、ペイシェンス、弾くのだ！

『これは天上の調べだ。なんと美しく輝かしい曲なのだ。ペイシェンスは音楽の女神の化

身なのか？』

胸に染み込む調べに私は曲が終わっても動けなかった。ああ、こんな音楽と一緒に生涯を過ごしたい。

「ペイシェンス、私と結婚しないか！」

私はペイシェンスの前に跪き、あの輝かしき調べを奏でた手にキスをして、プロポーズする。これで、私はあの素晴らしき音楽と共に生きられるのだ。

ペイシェンスも恥ずかしいのか頬を赤らめている。父上もこのペイシェンスの音楽の才能には脱帽され、結婚の許可を下さるだろう。

「アルバート、私の側仕えを取らないで」

音楽に満たされた生活を夢想していたのに、マーガレット王女に拒否されてしまった。何故だ？

「キャサリン、ハリエット、リリーナ、貴女方もペイシェンスに負けないような新曲を作りなさい」

この点はマーガレット王女の言う通りだ。あの三馬鹿娘も黙って頷いている。

「あのう、お願いがあるのですが、よろしいでしょうか？　私は新しいフレーズを思い浮かべるのは得意なのですが、それを曲に磨きあげ、楽譜に起こすのは苦手なのです」

ペイシェンス、なんてことを言うのだ！

「そうね、皆にフレーズを提供して、新曲を作ってもらえば良いのよ」

それではペイシェンスの発想が無駄になる！　それは豚に真珠だ！　素晴らしき曲の種をドブに捨てるのか！

なんたることだ。マーガレット王女はいっぱい新曲が聞きたいとお許しになった。ああ、私はあの三馬鹿娘がペイシェンスの曲を駄目にしないように見張らなくてはいけない。

そうだ！　青葉祭には父上もお呼びしよう。きっとペイシェンスの才能に惚れ込まれるに違いない。私も偶《たま》には親孝行をするのだ。そして、ペイシェンスとロマノで音楽サロンを開くパトロンに父上にはなってもらおう。


青葉祭での音楽クラブの新曲発表は素晴らしかった。こんな素晴らしき新曲発表会は入部して以来経験したことがない。

私は超絶技巧の新曲とペイシェンスの『メヌエット』『アイネ・クライネ』を弾いた。父上は大層感激されたのか『ブラボー』と叫ばれていた。少し私も恥ずかしく感じたが、音楽愛のなせる業だ。仕方ないだろう。

それにしても、マーガレット王女の学友は何故選ばれたのか首を捻《ひね》るな。何が面白いのか騎士クラブの試合を見たいと駄々をこねて、午後からの新曲発表に回った。

騎士クラブのパーシバルを追いかけているのだろうが、彼奴は馬鹿な女を相手にするような男ではない。だいたいマーガレット王女の学友なら共に青葉祭を過ごしても良いのではないか？　ペイシェンスは側仕えとして、マーガレット王女と共に行動している。あの三馬鹿娘も少しは見習えば良いのだ。

コーラスクラブの発表はお粗末の一言だ。古臭い曲を歌って何が楽しいのか意味がわからない。その上、午後の音楽クラブの新作発表会の時間が少し長かったと、学生会にまで文句をつけに行った。

そのせいで、何人かは一曲しか披露できなかった。彼奴らは音楽を愛してはいないのだ。マークス・ランバートは同じクラスだ。彼奴なら古臭いコーラスクラブに不満を持っているだろう。少し突っついておこう。

青葉祭が終わったら期末テストだ。下らない法律や行政などの修了証書をもらうぞ。空いた時間は音楽に没頭しよう。

夏休み、ラフォーレ公爵家に王妃様一行が夏の離宮に行く途中に寄られることになった。父上や兄上は、準備に忙しいようだ。私は、当日、お迎えに出て、昼食を共にするだけだ。おや、ペイシェンスがいる。そうか、マーガレット王女の側仕えだから夏の離宮に招待されたのだな。あの三馬鹿娘に意地悪されているから、それくらいの骨休めも必要だろう。父上はビクトリア王妃様をエスコートして屋敷に入る。そして兄上はリチャード王子とキース王子の接待役だ。私はマーガレット王女と同じ音楽クラブだから、接待を命じられている。

「ペイシェンスにリュートを習わせようと思っていますの」

おお、それは良い！

「リュートを習うのは良いことだ。作曲の幅が広がるよ」

ペイシェンスは、ハノンは上手いが、他の楽器は弾けない。これは改善しなくてはいけない。あの天賦の才能を伸ばすべきなのだ。

昼食会は無事に終わった。母上が亡くなられているので、王妃様をキチンともてなされるか父上と兄上は気を使っていたので、私も安堵《あんど》する。

「美味しかったですわ。それに素敵な演奏でした」と王妃が感謝を述べて席を立たれた。

これでやっと夏休みになる。これまでは屋敷がざわついていて音楽に集中できなかったのだ。収穫祭用の新曲を作らなくてはいけない。

ペイシェンスが馬車に乗ろうとしている。ちゃんと言っておかなくてはいけない。

「ペイシェンス、夏休みに新曲をいっぱい作るのだぞ」

「あの時の学生だ！」と父上が騒ぎ出した。気がついてなかったのか？　父上は私より音楽馬鹿だ。ペイシェンスがハノンを弾いていなければ、判別できないのだろう。

「アルバート、あの子は誰なのだ」

紹介されたのも覚えてないのか。

「ペイシェンス・グレンジャーですよ」

兄上は覚えている。うん、これならラフォーレ公爵家も安泰だ。つまり私の生活の面倒も見て下さるだろう。

「青葉祭の素晴らしい新曲はペイシェンスが作ったのか？　お前の超絶技巧曲も素晴らしく思ったぞ。だが、気持ちが浮き浮きする軽快な曲や、心が洗われる『メヌエット』は聞いたことがない曲だ」

父上も大絶賛だ。これならペイシェンスを嫁にと言っても反対されないだろう。子爵家は格下だが、私は次男だから良いだろう。

「それほどお気に入りなら、後添えにされてはいかがですか？」

私は唖然《あぜん》とした。我家の常識人と思っていた兄上がなんたることを言い出すのか！

「それは……少し年が離れすぎている。そうだ！　楽士として雇うのはどうだろう？」

あっ、そういう道もありかもしれない。ペイシェンスを我家の楽士にすれば、常にあの音楽と一緒だ。兄上は父上がペイシェンスの音楽の才能に入れ上げる前に釘《くぎ》を刺したのだ。七歳も年下の義母など兄上がお認めになるわけがない。

私の嫁ならいけるのだろうか？　父上の説得より、兄上の方が手強《てごわ》そうだ。まだペイシェンスは一〇歳の子どもだ。もう少し先に考えよう。私は音楽愛を理解しない学生から変人と呼ばれているが、一〇歳の子どもに手を出す変態ではない。プロポーズしたが、結婚は卒業してからだ。

第七章　初等科二年秋学期が始まった

ああ、夏休みも終わりだ。弟たちと別れて寮に行かなくてはいけない。少しでも一緒にいたいから、昼食後に行く。

「週末に帰ってきますよ。それまで元気でね」

「お姉様、行ってらっしゃい」

夏の離宮で長期間離れていたので、弟たちはあっさりとしている。辛い。

ジョージが馬車を出して、学園に向かう。私も背がほんの少し高くなったが、弟たちも高くなった。どんどん成長してくれるのは嬉しいが、お姉ちゃん離れしていくのだろうと思うと悲しい。などと感傷に浸る暇もなく学園に着いた。本当に通いたいよ。

陛下もなんの気まぐれで王子たちや王女を寮に入れたのだろう。リチャード王子なんか一年だけだし、マーガレット王女の学友は誰一人寮に入らなかったんだよ。

リチャード王子が卒業されたら、マーガレット王女だけでも王宮から通うことにしてほしい。そうすれば、私の側仕えもなしになるんだけどなぁ。

そんなことを考えながら、メアリーが荷物を片付けるのを眺めていた。夏休み前に服と教科書は家に持って帰った。教科書は勉強する為、服は生活魔法で綺麗にしているけど、やはり一度洗ってもらいたかったから。なんか、やっぱりね。

あっ、下着はメアリーが時々持って帰って洗っていたよ。汚ギャルじゃないもん。

「お嬢様、マーガレット王女様の側仕えをしっかりお務め下さい」

気が重くなる言葉を置いて、メアリーは帰った。

夕食までにはマーガレット王女も寮に来られる。少しの自由時間だ。内職するか、散歩するか悩む。

「内職は離宮から帰って頑張ったから、散歩にしましょう。寒くなる前に体力をつけたいから」

夏の離宮で海水浴とか乗馬とかで少しは体力がついたと思うけど、まだまだだ。冬の寒さ対策の薪はかなり備蓄できたけど、また風邪をひいて肺炎とかなりたくない。

学園の敷地は広く、薔薇も咲いている。散歩して体力をつけよう。

八月の終わりになり、風に少し秋の気配を感じる。前世の夏とは違うのが嬉しい。暑いけど、耐えられないことはない。そのかわり、冬の寒さは厳しく感じるな。

「もっと早く歩かなくては運動にならないのかな？」

ペイシェンスは歩くのに慣れていないので、ゆっくりと散歩していたが、ウォーキングってもっと早足だったはずだ。私も通勤とか早足だったのに、身体はゆっくりとしか歩けない。お淑やかさが身についているようだ。

まぁ、でも薔薇を見ながらゆっくり歩くのも悪くない。優雅な時間のはずなのに、ついどんな薔薇が高く売れるのだろうなんて下世話なことを考えてしまう。

温室には挿木した薔薇が花を咲かせている。でも、庭に残っていたのは丈夫な品種だけで、色もピンクと赤しかなかった。学園の色とりどりの薔薇が羨ましいよ。

枝を切って持って帰ったらいけないのかな？　ああ、私は優雅とは縁遠い。ペイシェンスに呆れられている気がする。


秋学期も平常通り、マーガレット王女を朝起こし、朝食を共に食べるところから始まる。まぁ、前日に寮に来られたマーガレット王女に新曲を弾かされたりしたのもいつも通りだよね。

私もうんざりだけど、マーガレット王女はもっと寮生活が嫌だと思っておられるだろうね。王宮では何不自由なく育ったのだろうから。なんて考えていたけど、意外な言葉が発せられた。

「寮に来るとホッとするわ」

私は食べていたパンが喉に詰まりそうになった。

「えっ、寮にはメイドもいないし不便ではありませんか？」

「それはそうだけど、気が楽なのよ。初めは寮生活に耐えられないと思っていたのに不思議ね。きっとペイシェンスが側仕えになってくれたからだわ」

有り難いお言葉だけど、もしかしてリチャード王子が卒業しても寮に残られるのだろうかと不安になる。自分が家から通いたいから、きっとマーガレット王女も同じだと思い込んでいたのだ。

「リチャード王子は秋学期で卒業されますよね」

「ええ、多分兄上はロマノ大学に通われると思うわ。もしかして、ロマノ大学の寮に入られるのかしら？」

寮から出るとはマーガレット王女は考えてもいないみたいだ。でも、王様や王妃様の考えは別かもしれない。

これからお金を儲けて馬を買えたとしても、きっとマーガレット王女が寮にいる限り側仕えは辞められない。つまり、寮生活が嫌になり、辞めたいと王妃様に頼んでもらわないといけないのだ。

でも、王妃様はマーガレット王女が頼んだとしても簡単に許可を出すとは思えない。つまり、王様や王妃様の考え次第なのだ。

一瞬、側仕えをサボって寮生活の不便さをマーガレット王女に味わってもらおうかと作戦を立てかけたが、不機嫌になられたのを必死で宥《なだ》める未来しか見えない。

それに、何故、王様が寮に入れたのかがわからないままなので、寮から出してくれる条件もわからない。

　頭が堂々巡りしている。

「マーガレット王女、陛下は何故寮に入るように仰ったのでしょう。そして、寮から出て王宮から通わせるお考えはあるのでしょうか？」

「さぁ、わからないの。リチャード兄上は私たちを自立させる為だと仰っていたけど、学友たちの入寮も許されたわ。私の学友は寮に入ってくれなかったので不公平だと思ってお母様に訴えたけど、相手にされなかったの。でも、貴女を側仕えに選んで下さったわ。お父様とお母様が何を考えて寮に入るように命じられたのか、誰も知らないのよ」

　マーガレット王女がわからないのに、私にわかるわけがない。この状態を受け入れるしかないようだ。


　九月になると秋らしくなってきた。暑さも和らぎ過ごしやすくなったが、私は冬の寒さが忘れられない。転生した時の寒さはトラウマになっている。

「薪は十分かしら？　保存食はもっと作った方が良いのかも」

　父親が無職のグレンジャー家に金がないのを嘆いても、冬の寒さは容赦ない。しっかり準備をしたい。

「もう裏庭の畑で夏野菜は栽培できそうにないわね。とうもろこしを収穫した後は、蕪《かぶ》とかの冬野菜を植えましょう」

とうもろこしが異世界にあるのも知らなかったペイシェンスなので、野菜の選択はジョージに任せる。

収穫したとうもろこしは乾燥させて、粒を粉にするけど、一部は生で使う。コーンクリームスープ、食べたい。秋生まれのペイシェンスとヘンリーの誕生日会に出したいな。夏の離宮でレシピを教えたお礼の気持ちなのか、王宮行きの帰りは籠二つ分の卵や砂糖やバターや生クリームがもらえるようになった。

もしかして、これが塩作りの手伝いのお礼なのかな？　ちょっとしょぼい。スイーツを作る時もあるけど、エバに料理に使ってもらったりもするよ。食事の改善はしないとね。

ペイシェンスもガリガリではなくなってきたし、弟たちも背が会うたびに伸びている気がする。父親もガリガリを脱したし、他の使用人たちもだ。まだ痩せているけど、もうガリガリじゃない。

飽食の前世を知っているから、太りすぎには注意しなくてはいけないのはわかっているが、少なくともグレンジャー家には関係ない話だね。

私の誕生日とヘンリーの誕生日は本当は二週間近く離れている。でも、卵やバターは王妃様頼りなので、それに合わせてバースデーケーキを焼くつもり。

『駄目、そんな欲張ったことを考えると罰が当たる。鶴亀、鶴亀』

危ない、危ない。ケーキはその時次第だけど、コーンスープは欲しいな。それとメインにお肉。魚は好きだけど、内陸のロマノでは手に入れにくい。その点は夏の離宮は良かったな。キース王子は魚が嫌いだからあいにくだったけれどね。

異世界について知らないから、どのくらいの薪が必要なのかワイヤットに質問するのに「お嬢様が心配されなくても大丈夫です」なんて追い払われた。でも、ペイシェンスは肺炎で死んだんだよ。不安だ。

エバには保存食が十分か尋ねる。だって今年は一人増えたんだもん。マシューも食べ盛りだよね。

「これくらいあれば冬を越せます」

そう言われて少しだけ安心する。でも、やはり保存食はもっと作るよ。食料保存庫の棚いっぱいに並べたいからね。

裏庭の畑には蕪、芋、ブロッコリー、そしてロマノ菜。このロマノ菜は栄養満点だそうで、見た目は前世のほうれん草と小松菜の間みたいに見える。そのまま湯がいて添え物にしたり、スープにしたり、赤ちゃんの離乳食にもするそうだ。

栄養満点なのは良いな。弟たちは成長期だし、書斎に籠もっている父親にも栄養が必要だ。それにロマノ菜は成長が早い。種を蒔《ま》いて、少し生活魔法を掛けただけで大きくなった。

「間引き菜も料理に使えるのも良いな」

小さな菜を弟たちと引っこ抜いていく。あまりびっしりだと大きくなりにくいみたい。蕪の間引き菜も摘んだので、マシューからエバに渡してもらう。

「今日はとうもろこしパンよ」

とうもろこしを乾燥させて、粉にするのは生活魔法でしたよ。あとはエバが焼いてくれる。

「美味しいの？」

ヘンリーは私が関わると美味しい物が食べられると思っているみたい。

「ええ、美味しいわよ」

もっと、もっと美味しい物を食べさせてあげたい。キスしちゃおう。

「林檎や梨も増やしましょう」

ジョージやマシューが取ってくれた林檎や梨。一部はコンポートにして瓶に入れた。そこまで沢山の砂糖は入れてないから、春まではもたないかもしれないけど冬は食べられるよね。

「梨、美味しかったです」

ナシウスは梨が好きみたい。駄洒落《だじやれ》じゃないよ。西洋梨系のねっとりとした甘さに嵌ったみたい。

「今度、梨のお菓子も作りましょうね」

わっ、嬉しそうに笑うナシウス。可愛いよ。でも、ヘンリーみたいに気楽にキスはできない。九歳になって朝と寝る前のキス以外は恥ずかしがるんだよ。悲しい。

一〇月になり、私は一一歳になった。週末の金曜に王宮に行ったよ。王妃様に会うのは気を使うのだけど、今回はヘンリーの誕生日があるから少し嬉しいんだ。

「秋は社交界が賑《にぎ》やかで、あまり貴女と会う機会もありませんが、マーガレットの側仕えとしてよく仕えてくれているのはわかっています」

褒めてもらえて嬉しいが、このままマーガレット王女が寮で生活するのか尋ねたい。社交界は何歳からデビューするのか、ペイシェンスの記憶をググるが、一四歳頃から一六歳でデビューする令嬢が多いとのぼんやりとした答えしかない。

母親を早く亡くしているし、貧乏なグレンジャー家では社交界デビューなんて遠い話だったのかもしれない。

マーガレット王女は、来年は中等科に進み、一四歳になられる。社交界デビューもあり得る年齢だ。どの程度のパーティが開かれ、王女がどのくらい出席するのかわからないけど、王宮から出向いた方が良いと思う。だってドレスとかアクセサリーとか、寮にはないもの。

でも、私は王妃様に尋ねる勇気を持たない根性なしだ。だって、怖いんだもん。

ご機嫌の良い時、マーガレット王女に社交界デビューについて尋ねよう。小心者なのさ。フン。

いつもの通り籠二つ分の卵や砂糖やバターや生クリームだと思っていたのに、馬車には大きな箱が載せてあった。屋敷に着いて、私は手ぶらで降りるが、ゾフィーは籠を、そして馬丁が大きな箱を屋敷に運び込む。

令嬢は箱に何が入っているのか気になっても、そんな素振りはしないものだ。とはいえ、ゾフィーが馬車に乗って王宮へと帰った途端、ワイヤットに開けてもらう。

「お嬢様、これは魔物の肉ですね。きっとビッグボアと火食い鳥《カセウェアリー》でしょう。子爵様の好物です」

珍しくワイヤットも嬉しそうな顔をする。魔物の肉なんて、貧乏なグレンジャー家では何年も食卓に上がることはなかったんだろうね。

エバに料理してもらおう！　ほんの少しだけマーガレット王女の側仕えで良かった気がしたよ。弟たちに美味しい魔物の肉を食べさせてあげられるからね。あっ、好物だそうだから父親にも食べさせてあげるよ。

ということで、土曜の朝からヘンリーと私の為のバースデーケーキを焼いた。エバがだけどね！

それとナシウスに約束した梨のタルトも焼いたよ。だって蠟燭の火を願いを込めながら吹き消すってナシウスの誕生日に言っちゃったから、二ついるんだ。

梨のタルトのレシピをエバに渡して作ってもらう。下はスポンジじゃなくてタルト生地で、カスタードクリームをたっぷりのせてその上に薄く切った梨を綺麗に並べて焼く。薄く切るのはエバはとても上手だ。

ヘンリーのバースデーケーキは、ナシウスの時と同じ。でも、今回は生クリームの絞り袋を作ったから、デコレーションが少し派手。口金も作りたかったな。錬金術クラブに入ったら金属加工とかできるメンバーに協力してもらえないかな？　来年、中等科に飛び級できたら錬金術の授業取ってから決めよう。

昼食は豪華だった。コーンクリームスープと、ビッグボアのステーキ。凄く薄く切ってあったから、ステーキというより薄切り肉だけどね。でも、ジューシーで美味しかった。それに採れたて野菜の付け合わせ。転生した頃の薄い味のないスープと、薄くて固いパン、薄くて向こうが透けそうなハムの昼食とは全然違うよ。

ワイヤットとメアリーが二つのケーキを持ってきた。

「ペイシェンス様、ヘンリー様、お誕生日おめでとうございます」

実際は、私は二日前だし、ヘンリーは一〇日後だけどね。

「ヘンリー、蠟燭の火を願い事をしながら吹き消すのよ」

真剣に何を願っているのか聞きたいぐらい真面目な顔でヘンリーは吹き消した。

「ペイシェンス様、どうぞ」

私の願いは決まっている。

『どうかグレンジャー家が飢えたりしませんように、凍えることがありませんように』

これほど真剣に願ってバースデーケーキの蠟燭の火を吹き消したことないよ。生死に関わるからね。

家族や使用人たちに拍手され、バースデーケーキを切り分ける。

「美味しい！」

ヘンリー、もう七歳なんだね。大きくなったな、なんて感傷に耽《ふけ》る。

「お姉様、この梨のケーキ、凄く美味しいです」

バースデーケーキは二種類。それを薄くカットしてもらった。夕食にも出るし、みんなにも食べてもらうからね。エバは本当に薄く綺麗にカットしてくれる。

ナシウスは梨のケーキが気に入ったみたい。ヘンリーは両方だね。ほっぺに生クリームとカスタードがついているね。

「お姉様、ヘンリー、誕生日おめでとう」

ナシウスからバースデーのお祝いの手紙をもらった。嬉しい、宝物にしよう！

「ペイシェンスも一一歳になったのか。子どもが大きくなるのは早いな」

父親も感傷に耽っているみたい。それより何か職に就いてほしいな。

この時の私は一一歳になったのを父親が感傷的になっているだけだと思っていた。他の意味合いなんて考えなかった。だって前世だと小学六年生だよ。お子ちゃまじゃん。

異世界の適齢期が早いのも知っていたけど、貧乏なグレンジャー家には関係ないと思っていたんだよ。


一一歳になった私は、家庭菜園は順調だし、学園生活にもマーガレット王女の側仕えにも慣れたと満足していた。

異世界に転生して魔法がある世界だとも知っているし、毎日、使っている。それに魔石があるのだから、魔物がいるのも知っていた。

なのに、魔物を見たことがないから、関係ないと思っていた。夏の離宮へ行く時も魔物なんか遭わなかったから。

王族が通る道は前もって魔物は討伐されているし、騎士が護《まも》っていたから出会わなかったのも知らなかったんだ。

だから、一一月になった頃、上級食堂《サロン》でリチャード王子がいない理由にショックを受けたのだ。

「今頃、兄上は魔物を討伐なさっているのかな？　冬前の魔物は強いと聞くけど、大丈夫だろうか」

　このところリチャード王子がいないのは知っていたが、何か用事があったのだろうと思っていた。ロマノ大学進学の準備で忙しいのかなって呑気に思っていたんだ。

「お兄様は大丈夫よ。騎士も同行すると仰っていたでしょ」

　キース王子とマーガレット王女は、なんでもなさそうな口調で会話している。それどころかキース王子は羨ましそうな口調だ。

「中等科の騎士コースの学生と魔法使いコースの有志は、冬の魔物討伐に参加できるのだ。私も早く中等科に進みたい！」

「えっ、魔物の討伐は危険ではないのですか？」

　私の驚いた顔にキース王子が張り切って説明する。

「冬になると食べ物が少なくなるから、魔物も冬眠するのもいる。その為に秋は凶暴になるのだ。毎年、騎士コースの学生も討伐に参加する。魔物の肉は美味しいぞ。ペイシェンス食べたことあるか？」

　この時は魔物のイメージは熊とか猪《いのしし》だった。騎士たちに付き添われて騎士コースの学生が狩りをするのだろうと思っていた。

「ペイシェンス、心配しなくてもリチャードお兄様は大丈夫ですよ。毎年行われている冬支度の一環ですもの。それより収穫祭の新曲の方はできていますか」

相変わらず音楽ラブなマーガレット王女だ。冬支度？　私が保存食を備蓄するみたいなものなのか。

「あのコーラスクラブには負けられませんからね。まぁ、あのレベルに負けるはずがありませんけど」

収穫祭は青葉祭とは少し趣が違う。青葉祭は学園祭みたいなものだったが、収穫祭は卒業する六年生の追い出し会みたい。

だから文化部がメインで、講堂で出し物を披露する。青葉祭で揉めたコーラスクラブに敵意全開だけど、喧嘩はやめて下さいよ。メリッサ部長も卒業されるのだから。

新部長のアルバートは喧嘩をおさめるどころか火に油を注ぐことしかしなさそう。ルーファス学生会長に叱られるよ。そっか、リチャード王子は学生会長ではないのだ。もう卒業されるのだね。なんとなく寂しいな。


『何よ、これ？　魔物ってデカすぎ』

次の日、荷台に載せられた魔物の大きさにびっくりする。象ぐらいの大きさの猪？

なのに、周りの人はあまり驚いていてない。

「ふうん、今年の魔物はわりと小さいな。きっとこの冬はあまり寒くならないだろう」

「去年の魔物は大きかった。冬も厳しかった。今年は領地で死者を出さずに済みそうだ」

そうか、転生した途端の頃の寒さはローレンス王国としても厳しかったのだ。そして、死者も出たんだね。

「ビッグボアをリチャード兄上が仕留めたのだぞ。まぁまぁの大きさだ」

キース王子の兄上自慢だ。

「王宮にも騎士団が仕留めた魔物が運ばれたみたいですね。そちらの大きさはどうなのでしょう？　去年のような冬は困りますからね」

ラルフの言葉にヒューゴも頷く。

「うちの領地は北部にあるから、厳しい冬は死活問題なのだ」

ロマノの冬も厳しく感じたけど、北部はもっと寒いだろう。

「騎士団や冒険者たちも魔物を多く討伐したそうだ。これで冬に迷い出る魔物は少なくなるだろう。それに、王都の民は冬支度に困らないさ」

キース王子も民の生活を心配したりするのだね。こんな象みたいな猪はビッグボアと呼ばれているみたいだけど、皆で食べるみたいだ。

「えええ、あのビッグボアなの？」

誕生日のお祝いに、王妃様からもらったビッグボアを食べたよ。こんなに巨大な魔物だとは知らなかったけどね。

それにしても、異世界の冬支度は私の理解の範囲を超えている。

学園で飛び級し、異世界に慣れた気がしていたが、魔物を目にしてここが全く私の知らない世界なのだとゾクッとした。

「魔物について調べなきゃ」

男子学生だけでなく、女子学生もあんなに大きな魔物を見ても平然としていた。私はビビっていたのに、令嬢然としていても領地にはあんな魔物がいるから慣れているのだろうか。おちおち旅行なんて行けないよ。まぁ、今は行くお金ないけどね。

幸い、私は数学免除だ。他の科目の免除を得たいから勉強しなくてはいけないが、図書館に通うことにする。

『魔物事典』これだね。凄く重いよ。どっしりとした事典を机に置く。

初めのページの方に載っているのは、一角兎《アルミラージ》、ホロホロ鳥《パンタード》、猪《ボア》、鹿《エルク》、狐《レナート》などの前世でも見かける動物だけど、兎《うさぎ》に角ってなかったよ。それに角とか牙とかデカイ気がする。ここら辺の魔物は冒険者とかが常に狩って、魔石（小）と肉や毛皮や角などを売っているみたい。家もその魔石を買っている。

前世では見なかった魔物ではスライムだね。これって魔石も極小だけど、ゴミ処理や下水処理に使われているみたい。前世にもいたら水質汚染とか改善されたかな？

「あっ、マーガレット王女が選んだホロホロ鳥《バンタード》も魔物だったんだ。私も知らないうちに食べていたのかも？　でも、魔物の肉は高級品みたいだから、縁遠いよね」

ページが進む事に火食い鳥《カセウェアリー》とか火の攻撃に注意とかキックを受けるとダメージ大だとか、とっても不安な言葉が書いてある。羊《マトン》はふんわかしたイメージを持っていたけど、ここのは前脚キックとか火攻撃もするんだね。夏休みにベルーシュで飼われていたオウィス、アリエースとかはこの羊《マトン》を家畜化したみたいだ。

「あっへビ《アンギイス》だ。大嫌い、パスしよう」

私は蛇とか昆虫とか大嫌い。出会うことがないことを祈って数ページ飛ばす。絵を見るのも嫌だ。

猿《サンジュ》は単体でもずる賢いが、群れで遭遇することが多いので、見たら逃げた方が良いみたい。石を投げてくる猿の群れはヤバいよ。

熊《ウルス》とか、前世でも危険だったけど、凄く凶暴そうだ。その上、土魔法攻撃を仕掛けてくるとか、絶対に遭いたくないね。死んだ真似って効果ないそうだし。

鷹《ファコン》なんか風魔法攻撃だけでなく大きさ半端ないよ。放牧されている家畜の天敵みたい。

ここら辺で魔石も中。

「あっ、ビッグボアだ。大きいのになると小屋ほど……なるほど、この前見たのは象程度だったから、皆は驚いてなかったわけだ」

これで真ん中辺。後ろになるほど凶暴になるみたい。

「おお、虎《テイグラ》、ライオン《リヨン》、ここでも百獣の王だね」

前世の猛獣は異世界でも凶暴そうだ。魔石も大。ペラペラとめくっていくと、ありました飛竜《ワイバーン》、竜《ドラゴン》とか災害級だって。そこから先のページは街や国が滅ぶレベルばかり。

『異世界だけど、ゴブリンとかオークはいないんだ。良かったよ。種床とか女の敵だもんね』

動物と魔物の違いは、魔力があるかどうか。そして魔物には魔石がある。ってことは魔法を使う人間にも魔石があるのだろうか？　胸の辺りを服の上から撫《な》でてみるが、石があるとは思えなかった。ふん、平べったいから撫でやすいんだよ。これから成長するんだもん。きっとね！

騎士コースは取るつもりはない。馬にやっと乗馬台を使って乗れるレベルだからね。それに剣とか振り回したりしたくないもん。

今回の討伐には騎士コースは中等科全学生、そして魔法使いコースの希望者が参加していた。魔法攻撃に優れた学生とか治療魔法とかね。私は生活魔法だから錬金術を取ったとしても関係ないね。

でも、ヘンリーが騎士コース選択したら、あんな大きな魔物と戦うの？　心配だよ。できれば文官コースを選択してほしいけど、それはヘンリー次第だよね。

あの子は次男だから貧乏とはいえグレンジャー子爵家を継がない。つまり、自分で生きていかなきゃいけないんだ。官僚に向いてない、騎士になりたいと望むなら仕方ないことだ。それに魔物なんて滅多に出会うものじゃないよね。夏の離宮へ行く時しか王都ロマノの外に出たことがないけど、その時も魔物に遭わなかった。きっと森の奥で生きていて、討伐隊じゃなきゃ遭わないのだと不安を抑える。

早朝、冒険者たちが屋台で腹ごなししていたのも忘れていた。

上級食堂《サロン》ではビッグボアのステーキがメニューに載っていた。

「ビッグボアのステーキにしよう」

リチャード王子は自分が倒したビッグボアを食べるみたい。

「私も兄上が討伐されたビッグボアのステーキにします」

キース王子のブラコンには笑っちゃうね。まぁ、そんなところは、可愛いけどね。

「そうね、私もビッグボアのステーキにしましょう」

マーガレット王女は、いつもはステーキを頼まない。鳥とか肉にしても蒸したものとか煮込んだものを選ぶ。

「お前、ビッグボアを食べたことがないのだろう。食べてみろよ」

ペイシェンスはもしかしたら魔物の肉を食べたことがあるのかもしれないけど、転生してからは王妃様にいただいた時だけだ。

「この前、王妃様にいただいて食べましたわ。とても美味しかったから、私もビッグボアのステーキをいただきます」

給仕されたビッグボアのステーキは、見た目はポークソテーと変わりないように思えた。うちのは、薄く切りすぎて、ステーキというよりは薄切り肉だったからね。

「美味しいな」

リチャード王子が一口食べて、味わうように目を瞑《つむ》る。

前に食べた時は、あの巨大な姿は知らなかった。私はあの姿が目に浮かび、恐る恐る小さく切って口に入れる。甘い！　肉なのに脂が甘く感じる。牛肉より高級豚肉、そうか猪だからね。でも、猪のような癖は感じない。

やはり肉は薄切り肉より、分厚いステーキにした方が味はよくわかるね！

「とても美味しいです」

「そうだろう」

何故か、討伐したわけでもないのにキース王子が満足そうに頷いた。

第八章　初等科二年秋学期の終わり

秋学期になり、メリッサ部長が引退して、アルバートが部長になってから、収穫祭の練習がほぼ毎日行われるようになった。

それはアルバート部長の独断で決定した。マーガレット王女も賛成していたけど、私は自由時間がなくなるのが嫌だし、他のメンバーも何人かは不満みたい。

特にマーガレット王女の学友三人は文句をいつも言っている。まだ卒業されてはいないけど、メリッサ部長が懐かしいよ。

「ルーファス学生会長は何もわかっていない」

珍しく遅れてきたアルバート部長がぷんぷん怒っている。

「何があったの？」

マーガレット王女に、アルバートは収穫祭の時間割《タイムスケジュール》の憤懣《ふんまん》をぶつける。

「あの下らないコーラスクラブと同時間しか音楽クラブに割り当ててないのだ。その上、大声で叫ぶだけの演劇クラブには二時間も振り当てているのだぞ」

それはあまり不公平ではないのでは？　演劇部は劇だけではなく、舞台を設置し、片付けもある。コーラスクラブと音楽クラブが同時間なのは、公平だからでは？　なんてこと言いませんよ。凄く皆が怒って騒いでいるから。

練習しないのなら、部屋で内職したいな。今はレース編みから思いついて、レースをほどいて糸にして、ボレロとか編んでいる。これがかなり高く売れるんだよ。元手はタダだからね。

生活魔法ってジェファーソン先生の言う通り、極めたらなんでもできるのかもしれない。寒い時に助けられた灰色の毛布。メアリーは子爵令嬢らしくないので、本当は使ってほしくなさそうだった。だから、私の薄くてペラペラの絹の服と灰色の毛布を生活魔法でほどいて、絹の糸と毛の糸を合成したんだ。

薄い青色の絹と毛の糸になったのを、毛布に再合成したら、灰青色の混合繊維の毛布ができた。手触りは絹ほどじゃないけど、前の毛布よりは柔らかい。メアリーはこれならと使用も許可してくれた。残った糸で弟たちのベストを編んだよ。軽くて暖かい。

なんてことを考えている間もコーラスクラブ、演劇クラブ、そしてルーファス学生会長の悪口大会は続いている。音楽クラブのメンバーって音楽の才能はあるけど、ちょっと締める人がいないと前に進まないよね。

収穫祭の演目は合奏がメインだ。私はまだリュートとか練習の最中なので、マーガレット王女と『二台のハノンの為のソナタ』を弾く予定。

「演劇クラブが舞台設置に時間がかかるなら、合奏の楽器設置も同じだ。なのにルーファス学生会長は理解していない。コーラスクラブなんか、ハノン一つで事足りるのに」

また最初に戻って不満を述べているアルバート部長に呆れる。今日の練習はないのかな？　なんて考えていたら、キャサリンがややこしいことを言い出した。

「今の演目にはどうかと思うものがあるわ」

私とマーガレット王女が連弾するのが気に入らないのだ。

「それより合奏をやめたらどうかしら？　色々な楽器を舞台に設置するのは時間が掛かるわ。ハノンとリュート、ハノンとフルーとかにすれば良いのよ」

ハリエットはハノン以外の楽器は上手くないので、自分に都合の良い提案をする。でも、案自体は悪くない。色々な楽器を設置する時間が省けるからね。

「合奏しない音楽クラブなんて、ハノン同好会にしたら良いのだ」

あっ、あの合奏曲はアルバート部長の作曲だったね。かなり気分を害しているみたい。お子ちゃまなんだから。

「なら、全員が合奏にしたら良いのよ」

キャサリンはわかりやすいね。私がマーガレット王女と連弾するのが気に入らないから、阻止したいのだ。

「でも、ペイシェンスはリュートがまだ練習中ですよ」

マーガレット王女は『二台のハノンの為のソナタ』が気に入っているからね。

「合奏をするにはそれしかないかもな。ペイシェンス、今から打楽器の特訓だ」

絶対に合奏曲を諦めたくないアルバート部長の無茶振りが来た。

「ええっ、打楽器はルパート様がされるのでは？」

男子学生のルパート副部長が打楽器の担当だったはずなのに、私に代わるの？　それにできるの？

「あっ、私は三個担当だから一番簡単な打楽器を譲るよ。ほら、この鐘なら大丈夫」

前世のトライアングルみたいなのを持たされた。

「それならタイミングさえ間違えなければ大丈夫だな」

アルバート部長は簡単に言うけど、タイミングを間違えたら大失敗になるのでは？

マーガレット王女にはアルバート部長がハノンを弾きながら指揮をする予定だったが、ハノンを譲った。

「私もペイシェンスみたいに楽な楽器にしたいわ」

ハリエットが愚図っていたが、キャサリンとリリーナはマーガレット王女との連弾がなくなったので相手にしない。

トライアングルを持って鳴らしてみる。そこにアルバート部長がやってきて、持ち方から指導された。

「ペイシェンスはトライアングルは素人だな。タイミングを外すといけないから、もっと上にあげて、その間から私の指揮を見ながら演奏しなさい」

トライアングル越しにアルバート部長の顔を見るのか……なんて考えていたけど、結構重いな。初め持った時は重く感じなかったけど、高く挙げていると手がぶるぶるしちゃう。体力なさすぎ。

叩き方は打楽器パートのルパートに教えてもらう。

「叩く位置は自分で決めないといけない。私は下の真ん中辺りを叩くけど、アルバート部長は好みがうるさいからね。もっと低音を響かせろとか言われたら、移動させた方が良いかもしれないな」

トライアングル、馬鹿にしていてごめんなさい。確かに叩く位置で音の響き方が変わる。なんだか駄目出しされるのでは？　悪い予感は当たるんだよ。

「ペイシェンス、もっと高い音で」と言われたから、高い音が出る所を叩くと「そこは低音で」とか言われるんだ。

まぁ、私だけじゃないのが救いだよ。キャサリンとリリーナは少し注意されるだけだけど、ハリエットはかなり目をつけられているよ。

それにこの曲、癖がありすぎ。転調が多いから弾きにくいし、合わせにくい。全員が内心で文句言っていると思う。

まぁ、トライアングルに転調は関係ないけどさ。でも、トライアングルの間からアルバート部長の顔を見るのは微妙だなぁ。

私の好みからすると、少し少年っぽさが感じられないんだよね。私は生意気なキース王子や大人ぶっているラルフ、猪突猛進《ちょとつもうしん》タイプのヒューゴの方が好みかな。顔だけを鑑賞するのならの話だよ。勿論、私の理想は家の弟《エンジェル》たちだよ。

収穫祭の日も朝からマーガレット王女を起こす。今日は凝った髪型にしたいと言われていたので早目に部屋に行った。

『いつかは自分で起きてくれる日がきますように』

エステナ神に祈るが、多分私が側仕えをしている間は無理そうだ。

いつもの如《ごと》く生活魔法で起こし、紅茶を差し出す。

「本当に王宮の女官やメイドに起こし方を教えてほしいわ」

夏休みの間、シャーロット女官と侍女のゾフィーに教えたのだが、私の生活魔法はやはりちょっと違うみたいで覚えられなかった。

「髪を整えるのに時間が掛かりますから、早く着替えて下さい」

ベッドでのんびりと紅茶を飲んでいるマーガレット王女を急かす。

着替えたマーガレット王女に生活魔法で「綺麗になれ！」と唱える。これで寝癖も直る。便利！

さっさとハーフアップにして、今日の黒のビロードに小さな星が付いた髪飾りで留める。プラチナブロンドに黒の髪飾りがよく映える。

指に髪の毛を少しずつ巻きつけながら「カールになれ！」と巻き髪を整えていく。

「本当にペイシェンスの生活魔法は便利ね。王宮で巻き髪を作る時はコテで巻くのよ。時々、コテが熱すぎて髪が傷んでしまうの。キャサリンの髪も毛先が傷んで切ったりしているわ」

この世界にはコンディショナーはない。キャサリンの屋敷ではメイドが生卵とか酢で手入れしているのだろう。卵って高いのにね。

朝食に間に合ってホッとする。音楽クラブの発表は、午前中の最後なのだ。朝食抜きだと辛い。あの長い合奏曲の間、私の腹が鳴ったりしたら、アルバート部長に殺されちゃうよ。


講堂にはゆっくりとマーガレット王女と向かう。あまり早く行くとコーラスクラブと遭っちゃうからね。丁度、コーラスクラブの発表だった。舞台に上がっているなら大丈夫。喧嘩しようがないもの。

収穫祭は六年生の追い出し会を兼ねているので、講堂の一階は六年生でいっぱいだ。私たち在校生は自由参加で二階席だ。

「まぁまぁね」

マーガレット王女は相変わらず辛口批判だけど、私も同感かな。コーラスクラブって女子が多い。それは音楽クラブでも同じだけど、こんなに女子ばかりだったかな？　男子が二人しかいない。だから、声のバランスが取りにくいみたい。

「あれっ？　次もコーラスクラブですか？」

不思議に思ってマーガレット王女に尋ねる。

「ああ、ペイシェンスは知らなかったのね。コーラスクラブは内部分裂したのよ。こちらはグリークラブになるそうよ。来年の青葉祭、タイムスケジュールで大揉めしそうね」

こちらはダンス込みのミュージカル仕立て。男子のほとんどはこちらに移ったみたい。

「まだ練習不足ね。見ていられないわ」

ダンスも歌も中途半端だけど、私はこっちの方が楽しい。異世界に来て娯楽って少ないもの。

「音楽クラブが新しい曲を提供したら面白いのに……」

なんて呟《つぶや》いたら「それは良いな」なんてアルバート部長に聞かれてしまった。

「前からコーラスクラブには腹が立っていたのだ。古い曲を歌うだけだなんて何が楽しいのかとね。グリーの奴らの出来は良くないが、変化を求める姿勢は買う。今度、提案してみよう」

マーガレット王女も音楽ラブ人間だ。

「そうね。ならダンスクラブにも協力をさせましょう。振り付けがなってないわ」

勝手にクラブ活動に手を出そうとする計画が練られているとは知らず、グリークラブの発表は終わった。

幕が下りて、音楽クラブの発表の為の楽器の設置が始まった。

「早く設置を済ませてくれないと、時間が押すぞ」

新学生会長のルーファスは、自分たちの初仕事だと張り切って口を出してくる。こんな細かいことは学生会のメンバーに任せておけば良いのにね。小者っぽく見えるよ。まぁ、リチャード王子の後だから張り切ってしまうのは無理ないと思うけどね。

音楽クラブの合奏は自分で言うのもなんだけど、成功だった。新しい曲を熱心に練習した成果が出たね。私もトライアングルの音やタイミングを間違えなかったよ。

あっ、でもアルバート部長に目で合図されるのは、ちょっと困惑しちゃうな。結構、真剣な目、嫌いじゃないかも。ドキッとしちゃう。駄目、あれは音楽馬鹿！

昼食を挟んで、演劇クラブの発表だ。私は初観劇なので楽しみにしていたけど、退屈だね。これ古典の神話だよ。昔、昔のお話でやたらと神様が出てきて神罰を与える内容。エステナ教の前の多神教みたいだね。あら、ほとんどの学生が寝ている。お腹いっぱいだし、眠くなるのも当然な内容だよ。

「何故こんな退屈な演目にしたのかしら？　二時間も取ったくせに」

マーガレット王女が怒っていますよ。私も同感かな。

「きっとリチャード王子に相応しい格調高い演目を演じたかったのだろう。心根の浅ましさが透けて見える」

アルバート部長、他のクラブに容赦ないね。まぁ、会議の時から文句たらたらだったしね。

やっと長い劇が終わり、新学生会長のルーファスが挨拶をする。

ちょっと声が裏返っていたけど、上手い、上手い。パチパチ。

リチャード王子がお礼の挨拶をしている。やはり役者が違うね。この王子ならローレンス王国も大丈夫だと皆が思うオーラがあるよ。あとは、もう少し大人になって馬鹿なことを言う弟を許す心の余裕を持ってほしいな。なんて考えていたら、女学生たちのハンカチが涙に濡れていた。

「そっか、卒業されるのですね」

私は前世で卒業式に泣くタイプではなかった。でも、ペイシェンスったら涙もろいんだもの。レース編みの縁飾りのついたハンカチ（内職の）で涙を拭ったよ。

さて、収穫祭はこれで終わりではない。ダンスパーティがある。メインは中等科の学生だけど、初等科も参加する学生が多い。

私はマーガレット王女の側仕えだから、学友たちと一緒に参加だよ。

「あれっ？　制服ではない人がいますよ」

ふふふ……とキャサリンに笑われた。

「ペイシェンスは何も知らないのね。収穫祭のダンスパーティには、婚約者や許嫁《いいなずけ》も招待されるのよ。来年の収穫祭には私も婚約者と踊るかもしれないわ」

キャサリンたち三人は、来年の中等科一年で社交界デビューするのだと鼻息が荒い。

「マーガレット王女も、来年、社交界デビューされるのですか？」

良い機会だから尋ねる。

「さぁ、お母様次第だわ。でも、中等科の二年か三年で社交界デビューする女学生が多いみたいよ。キャサリンたちは、一年でするみたいだけど、単位が足りなかったら困ったことになるわよ」

王立学園を卒業できないと、貴族は結婚も就職もできないのだ。

「私は、春学期に単位をいっぱい取りますから、ご心配無用です。他の方は知りませんけどね！」

三人の中ではキャサリンが一番成績は良い。なのに、意地悪だよね。成績と人格的な賢さは違う見本だよ。

ちらりとリリーナの方を見た目が意地悪そうに光っている。なのに、リリーナ本人は気づいてないのか、頷いているけどね。

「早く社交界デビューした方が、条件の良い相手を見つけられますわ。まぁ、マーガレット様には関係ない話ですわね」

ハリエットは甘い声だけど、内容には毒があるね。王女だと持ち上げているようでいて、ディスっている。どうせ政略結婚でしょってね！

マーガレット王女は、どうしてこの三人を学友に選んだのだろう。前世でも見たことがないほどの美人だけど、性格はドブスだよ。

「あら、やっと始まりますわ」

青葉祭と違って、卒業生たちがカップルで入場してきて、ダンスパーティが始まる。

その中には、礼服を着たパートナーを招待している女学生もいる。三年生同士でパートナーを組んでいる学生も多いが、下の学年の女学生を誘っているカップルも多い。

「リチャード王子は、学生会のメンバーを誘われたのね」

少し、キャサリンが悔しそうだ。

「メリッサ部長は、婚約者を招待されたのだわ！」

迫力のある美人のメリッサ部長が、礼服をキリッと着こなした婚約者と楽しそうに踊っている。

一曲目は、卒業生だけだ。二曲目から、他の学年の学生も踊り始める。

マーガレット王女や学友も誘われて、ダンスフロアーで踊っている。

「ペイシェンス、あぶれたのか？」

何故か、キース王子に誘われて、私も踊ったよ。

「青葉祭よりも上手くなっている」

まぁ、褒めてもらったのだと思おう。

二曲目は、なんとリチャード王子と踊った。

「ペイシェンス、これからもマーガレットを頼む」

業務連絡された気分になったけどね。

「そろそろ、寮に戻りましょう」

学友たちは、まだ踊り足りない顔をしているけど、マーガレット王女も私も十分だよ。

それに、収穫祭のダンスパーティは、卒業生が主役だからね。


寮に戻って、紅茶を飲みながら、収穫祭の反省会だ。

「音楽クラブの合奏は上手にできたと思うわ」

アルバート部長の熱意溢れる特訓の成果で合奏も見事にやり終えた。やれやれだ。

収穫祭の反省会も無事に終わり、ホッとして紅茶を一口飲んだ。やはり高級茶葉は、香り高いね。

「リチャード兄上も卒業されるのね。来年はキースと二人だなんて困るわ。あの子の野菜嫌いを注意しても治らないと思うのに」

私も上級食堂《サロン》でマーガレット王女とキース王子との三人での昼食は避けたい。キース王子がリチャード王子を怒らせて冷や冷やしたりしたけど、やはり存在感は半端なかった。キース王子もリチャード王子がいたから、野菜嫌いを注意されても反抗しないで聞いていたと思う。一一歳一二歳の反抗期の男子の扱いは難しい。まぁ、そこも萌えポイントだけど、遠くで眺めたい気分だね。トガッているから、近くにいるとケガしそう。

「別々に食べても良いか、お母様に尋ねてみるわ。でも、ジェーンのこともあるから、一年はこのままかもしれないわ」

ご学友との昼食も気を使いそうだけど、反抗期真っ盛りのキース王子との昼食は避けたい。それより、ご機嫌が良いマーガレット王女に質問しよう。

「再来年はジェーン王女が入学されますが、寮に入られるのでしょうか？」

私はずるくもジェーン王女をだしにして、マーガレット王女が寮を出るか遠回しに尋ねる。小心者なのだよ。

「多分、ジェーンも寮に入るでしょう。それに寮暮らしは気楽だから、あの子は楽しむでしょう」

えっ、マーガレット王女は寮を出る気はなさそう。でも、社交界デビューとかは？　ええい、こうなったら聞こう！　側仕えがいつまでかわからないけど、なんとなく辞められそうにない。なら、将来の予定がわからないと不安だもの。

「マーガレット様は社交界デビューとかされないのですか？」

マーガレット王女は少し考えて話す。

「音楽会には出たいけど、社交界には興味はないわ。だって、どうせ結婚相手はお父様かお母様がお決めになるのよ」

王族として政略結婚を受け入れ諦めているマーガレット王女が気の毒になるが、ペイシェンスは持参金もないから結婚すら無理なのだ。同情している場合ではない。

「ご学友のキャサリン様やハリエット様やリリーナ様は社交界デビューすると言われていましたが、本当にされるのかしら？」

本人は興味がなくても同級生たちがデビューしたら、王妃様がさせるかもしれない。

「多分、中等科一年ではしないと思うわ。だって学園が忙しいもの。中等科で必須科目や美術などの実技の修了証書を取ってから社交界デビューする方が良いと親が説得するのでは？　ハリエットは早く社交界デビューした方が、条件の良い相手が見つかると言っていたけど、どうせ彼女たちも親が結婚相手を決めるでしょうね」

そうか、中等科の家政（花嫁修業）コースは、必須科目の修了証書をもらったら社交界デビューしやすくカリキュラムが組んであるのかもね。

「皆様、数学は苦手なようですが、大丈夫なのでしょうか？」

マーガレット王女も数学は苦手なので眉を顰《ひそ》める。

「家政コースの数学は簡単だと聞いているわ。家計簿の計算ができれば合格だそうよ。貴女みたいに数学の修了証書をもらう女の子なんて滅多にいないわよ」

そうか、中等科になればコース別の単位制なのだ。数学の苦手な人は家計簿とかの単位で良いのか。卒業できない学生が増えても困るものね。一応、初等科の数学ができれば良いって感じなのだね。

「なんだか他人事みたいに聞いているけど、ペイシェンスは結婚相手とか考えているの？」

マーガレット王女は自分の結婚については諦めているようだが、さすがに乙女なので恋バナは好きだ。

「えっ、私は結婚なんてしませんよ。弟たちが立派に成人するまで面倒を見ないといけませんもの」

呆れられた。

「弟さんってジェーンとマーカスと同じ年でしたね。そんなのを待っていたら行き遅れになってしまうわ」

わかっている。

「ですから、結婚しません。職業を得たいと考えているから、文官コースを選択するのです」

マーガレット王女は不思議な顔をして私を見ている。

「なら、私の側仕えを一生するとか？」

それは勘弁してほしい。でも、そんなのストレートに言うのは無作法だし、マーガレット王女の機嫌を損ねる。

「できれば官僚になりたいのですが、女性官僚はいないと聞いて困っています」

「そうね、女官とは違うのよね。官僚って男の人ばかりだわ。でも、ユージーヌ卿だって女性騎士になられたから、そこから女性騎士の道も開けたのよ。やるだけ、やってみたら？」

激励されて少し後ろめたく感じるが、やるだけやってみよう。

「それより、ちゃんと中等科に飛び級できるのでしょうね」

そうだった。今回は期末テストで飛び級が決まるのだ。できれば国語、古典、歴史、魔法学の修了証書も欲しい。来年のことを言うと鬼が笑うよ。

「まずは勉強しないといけませんね」

マーガレット王女も期末テストを思い出した。

「この期末テストで数学の赤点を取らなければ良いのよ。これで嫌いな数式と縁が切れるわ」

本当に家政コースの数学が家計簿程度だと良いのだけど、私も願っておく。

学期末のテストが近づくと、いつもは優雅なAクラスの学生も真剣な顔になり、二年Aクラスの雰囲気も重苦しくなった。何故なら、成績順にクラスが変わるからだ。親から絶対にAクラスをキープしろと圧力を掛けられているのだろう。

飛び級で会うキース王子もプライドに懸けてBクラスに落ちるわけにいかないって顔をしている。

数学、国語、魔法学、音楽、ダンスを飛び級しているぐらいだから大丈夫だと思うのだけどね。ピリピリしているから近づきたくないよ。

それなのに昼食は一緒なんだ。その上、リチャード王子はいない。なんでもロマノ大学の入試だってさ。最終学年の卒業テストは既に終わっている。じゃないと収穫祭で追い出し会をされて留年とか格好悪いものね。

卒業式はまだなので寮生は残っているけど、それぞれの進路や就活で不在の学生が多く、なんとなく寂しい感じだ。

学期末テストが始まった。私は、国語、古典、歴史、魔法学の修了証書が欲しいので、別の教室でテストを受ける。

国語とか魔法学とかは数十人もの学生が受けていたし、古典や歴史も一〇人程度が受けていた。

マーガレット王女も春学期の期末テストで国語と魔法学の修了証書を取りたいと話していた。中等科になると修了証書を取る学生が多くなるみたいだね。

テストの結果？　まぁ、大丈夫だと思うよ。一年間かなり真面目に勉強したもの。社会人になってこんなに真面目に勉強したのは久しぶりだよ。そりゃ、そうだね。学生に戻ったんだから。それにペイシェンスの脳ってマジ優秀だよ。記憶力抜群。一一歳だもんね。

家政と美術の展示を見たよ。マーガレット王女、今回の家政はまぁまぁだった。これならビクトリア王妃様に叱られないと思うよ。美術はあと少し頑張れば修了証書もらえるのではないかな。

学期末のテスト結果は公表されなかった。保護者に直接手紙で知らされるみたいだね。春学期に公表されたのは、落ちそうな生徒を激励するのと、落ちた時の理由をわかりやすくする為なのかな？


『そっか、転生して一年経《た》つのね』

寮の暖炉の前で暖まりながら、あの時は寒かったなぁと思い出す。今年の冬は寒さが厳しくなければ良いな。魔物が去年より大きくなかったから、そんなに寒くないっていうのは本当だろうか。それに薪は十分足りるかな？

マーガレット王女は王宮に帰ったし、私は例によってメアリーのお迎え待ちだ。

暇だから、あれこれ考えちゃう。内職しようにも材料を使い果たしている。貧乏性なので、普段は金にならないことはあまり考えない。

そもそも異世界に転生したけど、何故なのかはわかっていない。前世の私は死んでいるのか？　それとも意識不明で生きているのか？　前の世界に帰れるのか？　帰りたいのか？　そりゃ、こっちより便利な世界だし、親もいるから帰りたいと思うけど帰れない……ああ、暇だと碌《ろく》なことを考えない。お金儲けのことを考えよう。

まずは、家に帰ったら温室の薔薇を売ろう。社交界シーズンだから、パーティとか薔薇は高く売れるんじゃないかな。お金が儲かったら、来年はもっと薔薇を増やそう。

苺の種蒔きもして、生活魔法で育てたら高く売れるかも！

「お金儲けのことを考えていると元気になるわ」

ペイシェンスに呆れられている？　近頃、段々と気配が薄くなっている気がする。マナーチェックされなくても身に付いてきたからかな？　あの寝方も自然としているしね。頭痛がないのは嬉しいけど、何か寂しい。ペイシェンスはフェードアウトしちゃうのかな？　つまり私は帰れないってことなのかな？

「駄目、駄目！　自分でどうしようもないことを考えてもお金にならないわ」

そう、薪と食糧事情は改善したけど、グレンジャー家にはまだまだ足りない物があるんだよ。まずは一年後に学園に入るナシウスの制服、下着とかも新品で揃えたい。それに馬！　馬は飼うと飼葉《かいば》がいるんだよ。夏に庭で大麦とか作る？　でも、野菜も作らなきゃいけないし。馬は草も食べるよね？　よく知らないや。ワイヤットと相談しよう。でもナシウスもポニーからの方が良くない？　馬って背が高いんだもん。怖いよ。要相談だ！

「お嬢様、お待たせしました」

やっとメアリーが迎えに来てくれたので家に帰る。

「お姉様、お帰りなさい」

ナシウス、先週以来だけど大きくなったね。お姉ちゃん、そのうち背が抜かされそうだよ。

「お姉様、お帰りなさい。走り縄跳びの競走しよう」

ヘンリー、もう勝てそうにないよ。体力もっとつけなきゃいけないね。

「ただいま帰りました。二人とも大きくなったわね」

まだナシウスも帰ってきた時とかはキスさせてくれる。嬉しい。ヘンリーはいつでも大丈夫。可愛いね。

子ども部屋で二人と留守の間の話をする。ちゃんと食事ができているかチェックしなきゃね。うん、大丈夫そう。二人とも大きくなっているし、ほっぺもふっくらとしてきてる。前はガリガリだったからね。

それに子ども部屋の暖炉には火がちゃんとついている。寮ほどは暖かくないけど、部屋が広すぎるから仕方ない。

「ナシウス、もう一年の教科書を勉強しているの？」

私が持って帰った飛び級した一年の教科書がナシウスの机の上に置いてある。

「ええ、父上が教えて下さっています。国語は簡単だけど、数学と古典と歴史はまだまだ難しいです」

ナシウス、まじ天才じゃない。

「それは良かったですね。お父様に感謝しなくてはね」

家庭教師としては優秀そうだけど、やはり働いてほしいよ。

「私もいっぱい勉強しています」

ヘンリーも本をすらすら読んで聞かせてくれる。

「凄いわ、ヘンリー」

グレンジャー家は本当に優秀だ。それなのに父親はクビになっちゃったんだね。それはもう良いから、何か職に就けないのかな？

このへんの常識はペイシェンスにもないので、困ってしまう。ハローワークとかバイト情報誌とかないのかな？　そもそも貴族って働いちゃ駄目なの？

こういったことを尋ねる人がいないのが困る。冒険者ギルドって父親には無理そうだよね。私は？　生活魔法で掃除のバイトとかしちゃ駄目かな？　ラノベで初心者は街の清掃とかをしてるじゃない。貴族の令嬢は駄目かな？　うん、駄目そうだね。メアリーが必死で止めそうだよ。でも、令嬢の体面を傷つけない方法で何かお金儲けしたいな。

その日の夕食後、父親の書斎に呼ばれた。きっと中等科に飛び級の件だと思っていたのに、驚いた。

「お前に縁談がある。勿論、まだ一一歳だから今すぐの話ではない。王立学園を卒業してからの話だ。だが、一応は伝えておこうと思う」

異世界ってロリコン天国ですか？　私はショタコンですが、手を出したりしませんよ。お巡《まわ》りさん、変態がいますよ。

私が凄く嫌そうな顔をしていたので、父親もホッとしたみたい。

「いや、まだ早いよな。私もそう思ったのだ。この話はお断りしておこう」

お断りは結構だけど、誰からの申し込みだったの？　それと、その話を持ってきた人は誰？　尋ねようとしたのに、中等科飛び級の話になった。

「中等科に飛び級とは凄いぞ。本来なら一年に一度しか飛び級できないのだが、必須科目全て修了証書がもらえたので、新学年からの中等科に飛び級を認めると書いてある。ペイシェンス、凄く頑張ったな。それで、どのコースを選択するのだ？」

縁談の話はしたくないみたいだね。凄く勢いよく話している父親でわかったよ。

「私は文官コースを選択したいと考えています。でも、マーガレット王女が家政（花嫁修業）コースなので、そちらも選択しなければいけないみたいです」

父親は二コース選択か！　と驚いていた。

「お前は必須科目と魔法実技や美術や音楽や家政は修了証書をもらっているから二コースでもやれるだろう。だが、無理をしないようにしなさい」

父親の激励を受けて書斎を出たが、誰との縁談だったのか気になった。それと、誰がその縁談を持ってきたのかも。ワイヤットは守りが固いから、メアリーに聞こう。

第九章　冬休み！

冬休みで、家に帰った途端、父親の書斎に呼び出されて、縁談があると言われた。まだ早いと断ったけど、それって良いのかな？

縁談の件をメアリーに聞こうとするけど、うちにはメイドが一人しかいないので、そうそうは捕まえられない。それに女中部屋でする話でもないから、夕食前に身支度を手伝いに来るまで待つことにした。

なので、今日は弟《エンジェル》たちとたっぷり過ごそう。午前中は勉強。父親がよく勉強を見てくれているから、私はハノンや美術やダンスを教える予定。

「ハノンを教えるから応接室の暖炉に火をつけておいてね」

使わない部屋の暖炉に火をつけておくほどグレンジャー家に余裕はない。でも、使う時は入れてくれる程度には改善している。応接室が暖まるまで、子ども部屋で絵を描かせる。ダンスも音楽がある方が教えやすいからね。

「絵の具の余裕があれば良いのだけれど」

家ではティーセットに細密画を描く内職をしているけど、その絵の具はほんの少しで練習に使えるほどはない。絵の具って高いんだもん。

「お姉様、学園での実技は美術、音楽、ダンス、魔法実技、体育なのですか？」

一年後に入学するナシウスは興味があるみたい。

「ええ、一年の美術はデッサンだけで合格です。でも、修了証書をもらうには絵の具を使いこなさないと駄目なのですよ。音楽は楽器を弾きこなせれば合格です。ダンスはリードが上手くないと合格は難しいですね。体育は馬術と剣術があるので努力が必要だわ」

ナシウスも馬術と剣術の合格は無理そうだと頷く。ごめんね。お姉ちゃん、不甲斐なくて。まだ馬と家庭教師が用意できないんだよ。

「では私は、学年飛び級はできそうにないですね」

がっかりするナシウスを慰める。

「いえ、実技は魔法実技が合格すれば、学年飛び級できますよ。魔法実技の練習の為にも早く教会で能力チェックを受けないといけませんね。お父様に話してみましょう」

私の縁談について話したくないって態度で、朝食を済ますと書斎に素早く籠もってしまった父親だけど、まぁ、いつもと同じだとも言えるね。ナシウスには父親と話すと言ったけど、献金（金貨）の件もあるのでワイヤットに話した方が早いかもね。

「そろそろ応接室も暖まっているでしょう。ハノンとダンスの練習をしましょうね」

ダンスを先にした方が身体が暖まるかなと考えながら三人で下に向かおうとしたが、なんと、グレンジャー家に来客らしい。メアリーがばたばたと温室から薔薇を切ってきて飾ったりしている。

「お客様なの？」

「ええ、申し訳ありませんが、応接室は使えません」

応接室は、本来はお客様を通す部屋なので、仕方ない。三人で子ども部屋に帰る。

「うちにお客様なんて来られるのね？」

免職になったグレンジャー家には訪問客などいないと思っていた。

「近頃、お客様が時々来られるのです。そのたびに父上との勉強は中断されて困っています。数学とかは教えてもらわないと無理なので、そんな時は国語を勉強しています」

ナシウスって真面目。私が子どもだったら、これ幸いと遊んじゃうけどね。

「お客様が来るとお父様の機嫌が悪くなるから嫌だ」

「こら、ヘンリー。そんなことを言っては駄目だ。お客様の悪口はマナー違反だぞ」

メッとナシウスに叱られて、ヘンリーは「ごめんなさい」と謝る。マジ天使だね。

でも、父親が不機嫌になる客は気になる。まさかこんな貧乏なグレンジャー家に借金しに来るとかないよね。それにメアリーが売り物の温室の薔薇を飾るってことは、それなりに身分のある客なのだ。

もしかして制服のお下がりをくれた親戚なのかな？　免職になった父親に皮肉の一言ぐらい言うのかも？　まぁ、それは私も言いたいぐらいだけどね。異世界では父親に皮肉なんて言っては駄目みたいだから我慢しているだけだよ。

なんてこと考えながら弟たちと遊ぶ。今回は家の中で遊べるようにお手玉を作っている。ハギレでできるからね。中は小豆《あずき》とか勿体ないから、薔薇の実だよ。ローズヒップティーにもするけど、庭でいっぱい採れたのを乾燥させたんだ。豆とかは食べられるから入れないよ。勿体ないもん。

お手玉は女の子の遊びっぽいイメージだけど、結構色々な遊び方があるよ。ジャグリングもあるし、下にバラしてあるのをジャグリングしながら一個ずつ取っていくのとか。

「こうやって数を増やしていくのよ」

手品を見ているように目をまん丸にしているナシウス、可愛いな。ヘンリーはしたくてお尻がウズウズしている。ちょー可愛い。


私が弟たちとお手玉をして遊んでいる時、父親は来客との挨拶合戦を開始していたみたい。なんとなく階下がざわめいているので、客が到着したのは察していたが、可愛い弟たちの方が大事だよ。

だって、意外とナシウスが上手に二つのお手玉はでき、三つ目に挑戦していたんだ。真剣な灰色の目が可愛い。

「あっ、失敗しました。お姉様、もう一度お手本を見せて下さい」

そんなことを頼まれたら、一〇〇回でもお手本を見せちゃうよ。

「二個でも難しいです」

ヘンリーは何度も挑戦しては失敗してがっかりしている。多分、身体強化系だと思うヘンリーなのに上手く使えてないようだ。縄跳びとかはすぐにできたけど、お手玉みたいに手先の細かい運動は能力調整が難しいのかも。

私も教会であの円盤に触れてピリピリする感覚を真似して生活魔法が使えるようになったから、二人には早く能力チェックを受けさせたい。ワイヤットに要相談だ!

冬の間の遊びなら縄跳びもあるけど、もっとみんなで遊べるものも欲しいな。竹馬も楽しいかも。竹はなさそうだから木馬かな。馬は手に入ってないけど、木馬もバランス感覚を鍛えられるよね。でも、これもきっと弟たちにすぐに負けちゃうよね。ペイシェンスの体力ないから。

そうだ、ラノベものの定番。黒と白に塗り分けた丸い駒と木の盤があれば、ほらあれができるじゃない。リバーシ! これなら私でも勝てるよ。コツ知っているからね。あっ、これで金儲けできないかな? よく転生した主人公がボロ儲けしていたじゃん。なんてことを考えていたら罰が当たった。

私が弟たちといっぱい遊ぼうとしているのにメアリーが呼びに来た。

「お嬢様、子爵様がお呼びです。モンテラシード伯爵夫人にご挨拶しなさいとのことです」

楽しい時間を邪魔するなんて、プンプン。階段を下りながら、メアリーにモンテラシード伯爵夫人の情報を尋ねる。

「モンテラシード伯爵夫人は子爵様の一番上の姉上にあたります」

簡単な情報だ。つまり、あまりメアリーは好きじゃないんだ。母親の実家から付いてきたメアリーにとっては、主人の小姑《こじゅうと》になるからね。それも免職になってからは素知らぬ顔をしていたのだもん。好意を抱く理由はないね。

応接室に入ると父親が客を紹介する。

「ペイシェンス、こちらはアマリア・モンテラシード伯爵夫人。お前の伯母《おば》上にあたる。挨拶しなさい」

茶色の髪に灰色の目、父親と同じ血を感じる年配の貴婦人だけど、こちらを値踏みするような目が気に障る。下から上へと視線が動いた。嫌な感じ。

「お初にお目にかかります。ペイシェンス・グレンジャーです。よくお越し下さいました」

でも、ペイシェンス仕込みの礼儀で挨拶をする。このところ王妃様に会ったりしているから、伯爵夫人ぐらいの視線なんか平気だよ。

父親の横の席に背をシャンと伸ばして座る。ふん、夏の離宮で一か月半も王妃様と過ごしたんだよ。お行儀に文句は付けられないはずだ。

「貴女には初めて会うわね。私は貴女の伯母になるのよ。これからはよく会うことになるでしょう」

意味不明だよ。父親の顔を見る。あっ、焦っているね。

「アマリア姉上、さっき縁談はキチンとお断りしたはずです。まだペイシェンスには早すぎます」

この人が縁談を持ち込んだのか。なら、断っても平気だね。やれやれ、断ってはいけない相手ではないかと心配していたよ。家の父親の判断は信用できないからね。

「その件はもうよろしいのよ。こちらが良かれと思って世話しようと考えたのに、貴方ときたら相変わらず世馴《な》れていないのだから。このままではペイシェンスは行き遅れになってしまうわよ。大体、貴方はいつまで寡夫なの。後添えをもらわないと教育も行き届かないのではなくて……」

その件はよろしいと言いつつも一〇分以上文句をつけ続けた。これが客が来ると、父親が不機嫌になる理由だね。わかるよ。

モンテラシード伯爵夫人が息継ぎの為に言葉が途切れた隙に、父親が口を挟む。

「それで姉上はなんの為に来られたのですか?」

そこからまた五分くらい、来客にそんな質問は失礼だとか、そんな態度だから免職になったのだとか、延々とお説教モードになったが、やっと本題になった。

そっちに用事があるのだからね、説教が楽しくて忘れていたな。こういう中年の伯母ちゃん、扱いが難しい。うちの父親は苦手そうだよね。

「ペイシェンスがマーガレット王女様の側仕えに選ばれたと噂で聞きましたのよ」

それでやってきたのだね。で、何が目的なのかな?

「私の娘のラシーヌがサティスフォード子爵家に嫁いで孫娘を産んだことはご存じでしょう。その孫娘のアンジェラはジェーン王女様と同じ年ですの」

なんとなく話が見えてきたけど、私はただじゃ情報をあげないよ。あっ、私の制服は従姉妹のラシーヌのお下がりだね。それだけは感謝しておこう。

「娘の嫁ぎ先のサティスフォード子爵家のことまで姉上が采配されるのはいかがなものでしょう」

父親は正しいけど、お説教モードに戻るよ。世渡り下手だね。数分のお説教で済んだのは、あちらが言いたいことがあるからだ。

「私の勝手でここに来たわけではありませんわ。サティスフォード子爵とラシーヌに頼まれて来たのです。ジェーン王女様のご学友にアンジェラを選んでいただきたいのよ」

また、父親が正論を言う。

「ジェーン王女様のご学友は王妃様がお選びになるだろう」

その通りだけど、話が長くなるよ。相手の言い分を聞かないと話が進まない。つまり弟たちと遊べないじゃん。

「そんなことは知っていますわ。リチャード王子やマーガレット王女やキース王子のご学友は侯爵家や伯爵家から選ばれました。でも、サティスフォード家は子爵家です。選ばれるのは難しいとラシーヌは悩んでいるのです。でも、ペイシェンスは子爵家でも側仕えに選ばれましたでしょ。だから……」

リチャード王子の学友が誰かは知らないけど、マーガレット王女とキース王子の学友は侯爵家と伯爵家だったね。ビクトリア王妃がどういった基準で学友を選んでいるのか知らないけど、確かに今の学友は身分の高い子だ。

「なら、仕方ないのでは?」

またまた、父親の正論だよ。あっ、伯母様の怒りに火がつきそう。眉が逆立ったよ。

「そんなことを聞くためにここに来たわけでないのはわかっているでしょう。そんな風だから貴方はカッパフィールド侯爵の怒りを被って免職になり、その後も職に就かずに書斎に籠もって隠者みたいな生活をしているのです。ああ、元々貴方は隠者になりたいと言っていましたね。それなら、この生活は望み通りなのでしょう。年金ももらっているでしょうし、もう援助も必要ありませんね」

へぇ、カッパフィールド侯爵と揉めて免職になったのか。情報を一つもらったよ。それにしても伯母様の怒りのボルテージが上がった。年金ってもらっているの?　知らなかったよ。それにしても、援助って飢えない程度だけどないと困るよ。

「姉上、援助と言われますが、それはモンテラシード伯爵領が飢饉《ききん》で困った時にお貸しした資金を少しずつ返していただいているだけです。本来なら免職になり無給なのですから、全額お返ししてほしいぐらいです。それに年金だけでは屋敷の維持費にも足りません」

あっ、壮絶な姉弟バトルだ。金の切れ目が縁の切れ目だね。父親が大声を出すのを初めて見たよ。普段は落ち着いているけど、きょうだい喧嘩の時は違うみたい。法衣貴族って代々王宮で働くので領地を返納して、俸給や年金をもらうって聞いたけど、家は、俸給はないから貧乏なんだ。なんて考えているうちに姉弟バトルはエスカレートしている。

「お父様、私は席を外しましょう」

こんなの逃げるに限るよ。大人の醜い喧嘩なんて見たくない。席を立とうとしたが、二人に止められる。

「ペイシェンス、悪かったね。お金のことなどお前に聞かせてはいけないのだ」

モンテラシード伯爵夫人もバツが悪そうだ。

「お金の話なんて貴族が口にするべきではありませんわ。ウィリアム、貴方はマナーがなっていませんわね」

いやいや、そちらから援助を打ち切るって言い出したんじゃん。それに、それはそもそも援助じゃなくて借金の返済じゃない。金返してよ！　父親も納得できない顔をしていたが、口を開くと一〇〇倍返ってくるのでグッと唇を噛み締めて黙る。姉の性格は知っているからね。

「ペイシェンスがマーガレット王女の側仕えに選ばれたのは、寮に学友が入られなかったからだ。ジェーン王女の学友がどうされるかはわからないが、アンジェラを寮に入れたらどうだ」

伯母様は困惑しているみたい。サティスフォード子爵家もロマノに屋敷を持っているみたい。普通なら通うよ。

「何故、王妃様は寮に入れたりなさるのかしら？　王子様はともかく王女様はご不自由ではないのかしら？　侍女が付き添っておられるのかしら？」

父親はそんなの知らないと顔を横に振るだけだ。伯母様の視線が私に向く。にっこり笑った顔、怖いよ。獲物をロックオンしたね。

伯母様の笑顔は、マーガレット王女より怖くない。そしてビクトリア王妃様の足元にも及ばないよ。さぁ、交渉開始だ。今回の目標はナシウスの制服とポニーだ。

「ペイシェンス、貴女は何故王子様のみならず王女様までも寮になど入らせるのか知らないかしら」

その寮になどに入っているのですが……まぁ、私も馬がいたら入らなかっただろうし、意味不明だよね。

「さぁ、マーガレット王女様は父上に命じられたと仰っておられましたわ」

側仕えとして知った情報を易々と外に流すのは駄目だけど、これはあちこちで話されているから大丈夫だ。キース王子なんか学友たちに盛大に愚痴っているもん。マーガレット王女が朝寝坊だとかは絶対に言わないよ。口チャックだ。

「まぁ、陛下が……では、ビクトリア王妃様が決められたわけではないのですね」

それも知らなかったのか。でも、交渉するには相手を知らなくてはいけない。私は全くモンテラシード伯爵夫人のことを知らないのだ。こんな時は相手に教えてもらおう。幸い、伯母様はお喋《しゃべ》りだからね。

「伯母様のお孫様のアンジェラ様はジェーン王女様と同じ年なのですね。ではナシウスとも同級生になるのね。よろしくお願いしておきます」

あっ、伯母様の目が泳いでいる。ナシウスのことなんか忘れていた？　自分の実家の嫡男だよ。

「ええ、勿論ですわ。ラシーヌには従兄弟になるのですもの。アンジェラに仲良くするように言って聞かせると思うわ」

ラシーヌはサティスフォード子爵家に嫁いでも実家の母親と繋がっているみたい。前世によくいた双子親子かな？

「ありがとうございます。私は伯母様のモンテラシード伯爵家についても、従姉妹の嫁いだサティスフォード子爵家についても何も知らないのです。教えて下さると光栄ですわ」

モンテラシード伯爵家に嫁いだのはアマリア伯母様の誇りだ。なので、気分良くペラペラと三〇分ぐらい話してくれた。あっ、隣で父親が居眠りし始めている。ちょっとお説教モードは避けたいので、肘で起こしておく。

「モンテラシード伯爵家の領地はロマノの北東部に広がり、とても風光明媚《めいび》なのですよ。そうね、ペイシェンスも一度訪ねていらっしゃいな。貴女の従兄弟のルシウスが領地経営を学んでいるのよ。それにロマノには第一騎士団に入ったサリエスもいるわ。ぜひ、一度屋敷にいらしてね」

二人も男の子がいるならナシウスの制服をゲットしたいな。まずはそれを第一目標にしよう。

サティスフォード子爵家は南部の港町を治めているから、結構内情は裕福みたい。そこが気に入ってラシーヌを嫁入りさせたみたいだね。お金持ちの親戚は大歓迎だよ。

「本来ならラシーヌを伯爵家か侯爵家に嫁がせたかったのよ。でも、あいにくと年頃の合う嫡男はいなくて、次男に嫁がせても意味はないでしょう。サティスフォード子爵はとても誠意ある対応をして下さるけど、孫娘のアンジェラがジェーン王女の学友になるには少し家柄が……ねぇ、わかるでしょ」

伯母様の実家も子爵家だと忘れているんじゃないかな？　まぁ、モンテラシード伯爵家に嫁いで、伯爵夫人だとおだてられ慣れてしまったのだな。そろそろ交渉開始だ。そうしないと父親が寝てしまう。

「あら、お茶が冷めてしまいましたわ。申し訳ありません」

テーブルの上の銀の鈴を鳴らす。よく売らずに残っていたものだよ。執事のワイヤットが応接室に入ってくる。

「お茶が冷めてしまったわ。ああ、伯母様と私にはローズヒップティーをお願いするわ。それとクッキーもね」

あまり高くない茶葉の紅茶よりローズヒップティーの方が美味しい。それにクッキーの甘さがよく引き立つからね（家のクッキーは砂糖ザリザリじゃない）。

お茶が運び込まれるまで、少し雑談をして過ごす。

「ローズヒップティーとは聞き慣れませんわ」

まぁ、普通の貴族なら高級な茶葉を買えるから、庭の薔薇の実を採って飲んだりしないだろうね。

「あら、伯母様はご存じないのですか？　ローズヒップティーは酸っぱいですが、美白効果があると女学生の中では有名ですのよ」

美白効果に伯母様は飛びついた。シミは女性の悩みだからね。

「まぁ、ペイシェンスは物知りなのね」

これで酸っぱいお茶に文句はつけないだろう。

ワイヤットがローズヒップティーとクッキーをテーブルに置く。

「このお菓子は見慣れませんわ」

そりゃ、砂糖ザリザリのケーキもどきじゃないからね。

「ええ、夏の離宮で王妃様の料理長からいただいたレシピで作らせましたの」

本当は反対に教えたんだけど、箔《はく》が付くからね。

「まぁ、ペイシェンスは夏の離宮に招かれたのですか？　それにレシピまでいただいたのですか？」

やはり王妃様のご威光は凄いね。クッキーをありがたそうに食べている。

「美味しいわ！　ウィリアム、貴方ときたら一度も出してくれなかったのね」

実家の弟には容赦ないね。でも、今は伯母様には別の目標があるんだ。

「夏の離宮にはジェーン王女様もいらしていたのでは？」

餌に引っかかったよ。男子の制服とナシウスの為にポニーが欲しいんだ。レンタルでも良いよ。むしろ、レンタルが良いのかも。飼葉代が浮くからね。

「ええ、いらしていました。でも、マーガレット王女様とは違うタイプの王女様でしたわ」

きっと伯母様はマーガレット王女が音楽好きだとの情報から、孫娘のアンジェラにも音楽をみっちりと練習させているはずだ。貴族の令嬢としての嗜《たしな》みだものね。

「違うタイプなのですか？　では、音楽好きではないのね」

そうそう、違うタイプなんだよ。まだ誰も知らない情報だよ。まぁ、ご学友たちと遊び出したらすぐに価値がなくなる情報だけどね。

「ええ、ジェーン王女様はとても活発で水泳や乗馬がお得意ですわ。特に乗馬はユージーヌ卿をお供に遠乗りをなさっていましたわ」

王妃様だけでなくユージーヌ卿も出したよ。ずるいな女と言われても良いもん。

「まぁ、ユージーヌ卿と……」

女の人ならユージーヌ卿を一目見たら誰でも憧れるよね。あっ、伯母様の目がハートだよ。

「私にも乗馬を勧められましたが、馬は怖くて、ポニーから練習いたしましたの。ナシウスは勉強は大好きですが……」

あっ、伯母様の目が父親に向く。悪口タイムだね。

「それはいけないわ。ウィリアムも勉強はできましたが、運動はサッパリでしたもの。いくら法衣貴族で領地を持たないからといっても限度があります。ナシウスには貴族の子息としての嗜みが必要です」

自分に飛び火して冷や汗をかいている父親には悪いが、馬や剣を教える家庭教師がいないのは無職のせいだから我慢してもらおう。

「そうは言うけど……」反撃しようとしたら姉の怒りを買うよ。

「まぁ、ではウィリアム。お聞きするけど、ナシウスに乗馬や剣術などの修練を行っているのですか?」

たじたじの父親が「下男のジョージが剣術を……」と言ったものだから、火に油を注いだ。

「剣術の家庭教師を雇えないなら、貴方が教えるべきですわ。それすらしていないとは。このままではナシウスは王立学園で大恥をかいてしまいます。それにアンジェラの評判にも影響するかもしれません」

怒る伯母様のお説教を父親と二人で「ごもっともです」と殊勝に受けた。

「アンジェラの乗馬教師を週に二日こちらにも来させましょう。下の子にも受けさせなさい。それと剣術の教師はサリエスを非番の時に来させます。従兄弟が不甲斐ないのはあの子の恥にもなりますからね」

長いお説教に耐えたお陰で乗馬と剣術はどうにかなりそうだ。あとは制服だ。

「まぁ、従兄弟のサリエス卿にお会いできるのは楽しみですわ。王立学園をご卒業されて第一騎士団に入られたのですよね。家には男子用の制服や剣の練習用の木剣や防具もありませんの」

あっ、伯母様の怒りが燃え盛る。

「ウィリアム、本当に再婚しなさい。こんなに子どもを放置しているなんて。王立学園の制服のお古は沢山あります。それと子ども用の木剣や防具もお古ならあげますよ」

やったね！　これで目標は達成だ。あっ、横の父親から恨みがましい視線を感じるけど、無職なのが悪いんだよ。裕福なサティスフォード子爵家で経理かなんかの職に就けないかな？

それと父親が免職になった理由の一部がわかったよ。カッパフィールド侯爵と揉めたみたいだね。まぁ、子爵家なんて吹き飛ばされたのだろう。誰か詳しい事情知らないかな？

厄介なお客様だと思ったモンテラシード伯爵夫人だったけど、結果オーライだよね。王立学園の男子制服のお古はもらえるし、ポニーも馬術教師込みで週二回来るし、剣術は従兄弟の現役騎士が指導してくれるみたいだ。まぁ、これはあまり期待しないで待っておこう。伯母様の独断で、サリエス卿も忙しいかもね。

父親の恨みがましい視線ぐらい我慢して昼食を食べる。うん、グレンジャー家の食糧事情はかなり改善されているね。

ロマノ菜と蕪のポタージュ、まだ茶色いけど柔らかなパン、たっぷりの冬野菜のソテーが付いた小さなステーキ。健康にはこのくらいの肉で良いんだよ。野菜が多い方がね！

「お肉は食べきれそうにありませんわ」

私は上級食堂《サロン》で贅沢な食事を毎日しているからね。野菜のソテーだけで十分だよ。育ち盛りの二人には小さなステーキでは少ないもん。ナシウスは遠慮するけど、ヘンリーは目を輝かす。

「お姉様、良いのですか?」なんて可愛いの!

「ええ、ポタージュとパンでお腹がいっぱいになりましたから。それに野菜のソテーも多いから」

二人にお肉を分けてあげるのは転生した当時と同じだけど、私もお腹いっぱいなのが違うよ。

昼からは来客でできなかったダンスとハノンの練習を応接室でする。

「一年のダンスは簡単なステップだから、ナシウスもすぐに覚えられると思いますよ」

私はハノンを弾きながら、ステップを二人に練習させる。可愛いったらないのよ。ああ、幸せ!

次はハノンの練習だ。ヘンリーも音階の練習はバッチリなので、簡単な童謡を弾かす。

「上手だわ。指の練習の曲も弾きましょうね」

童謡に比べるとペイシェンスが持っていたハノンの練習曲は退屈だ。でも、指がちゃんと動かないと上達しないからね。

「お姉様、もっと楽しい練習曲はないのですか?」

ナシウスは私が夏休み明けに書いた簡単な新曲はマスターしちゃって、ペイシェンスが持っていた練習曲しか残ってない。

「ええ、でも冬休みの間に何曲か作りましょうね。もう少し難しくても大丈夫かしら？」

ナシウスが嬉しそうに頷く。うん、可愛い。お姉ちゃん、何曲でも書くよ。アニソンも良いかも。ピアノの練習本のソナチネやソナタが良いかもね。覚えているかな？


ダンスとハノンの練習が終わったら、温室で苺の苗を植える。

「これで苺が食べられる！」ヘンリーは苺が大好きだからね。

「ええ、苺が大きくなるように魔法をかけておきましょう」

私が少し力を込めて「大きくなれ！」と唱えると、シュートが伸びる。

「この伸びたシュートを藁《わら》で保護するのですよね」

「ナシウスはよく覚えていますね。そう、苺は寒がりだから藁のお布団を掛けてあげましょうね」

弟たちと勉強したり、温室で作業したり、冬休みは幸せだぁ！　なんてことを考えていたのに……好事魔多し！　アマリア伯母様、少しは役に立ったと感謝していたのにさ。やはり厄介な客だったよ。


「お嬢様、お客様ですわ」

メアリーが呼びに来た。プンプン！

「誰がいらしたの？」パラダイスを邪魔するのは誰なんだよぉ！

「マックスウェル子爵夫人です。子爵の二番目の姉上になります」

メアリーの言葉に苦手だと書いてある。モンテラシード伯爵夫人は借金の返済でも一応は援助していたし、お古の制服とか古着をくれていた。このマックスウェル子爵夫人は何もしてくれなかったよ。

ペイシェンスの記憶では父親の兄弟はない。

「ねぇ、お父様には何人の姉妹がいるの？」

折角の冬休みを潰されたくはない。

「お姉様方がモンテラシード伯爵夫人、マックスウェル子爵夫人、ノースコート伯爵夫人です」

父親は三人の姉を持つ末っ子だったようだ。皆、結構良い家に嫁いでいるね。グレンジャー家も領地はないけど、良い家だったのかも。父親が免職になる前はさ。屋敷だって立派だし、一等地に建っているしね。

温室で土いじりしていたので、生活魔法で綺麗にして、応接室に入る。あっ、父親はもう疲れているみたい。久しぶりに訪ねてきた二番目の姉にも説教されたのかな。

「ペイシェンス、こちらがシャーロッテ・マックスウェル子爵夫人だ。伯母様に挨拶しなさい」

アマリア伯母様より細いシャーロッテ伯母様は、厳しい目で私を見ている。値踏みしているのかな？　目つきが悪いだけ？

「ペイシェンスです。お初にお目にかかります」

礼儀正しく挨拶するよ。一応はね。

「まぁ、ユリアンヌにそっくりね。あちらのケープコット伯爵家とはお付き合いがないそうだけど、困ったことだわ」

父親が慌ててシャーロッテ伯母様を止める。

「その件は……それで姉上は何をしに来られたのですか？　ユリアンヌの葬儀にも来られなかったのに」

あっ、父親の嫌味だ。ってことは、アマリア伯母様は、葬儀は来たんだね。

「あの時は領地にいたのです。それに冬場は来ようにも来られないことがあるぐらいわかっているでしょう」

言い訳しているけど、少し後ろめたく感じているようだね。

「相変わらず貴方は人を思いやったりできないのね。だから、免職になったまま職にもつかず。姉上が驚いておられましたよ。息子たちの教育をおざなりにしていると」

やはり、あのアマリア伯母様から情報を仕入れてやってきたのだ。姉妹のネットワークだね。

「ペイシェンスがマーガレット王女様の側仕えを立派に果たしていると聞いて、男親だけではきちんとした身なりをさせていないのではと心配になったのです。再婚しないなんて親として失格ですわ」

再婚かぁ、それより就職してほしいな。継母に弟たちが虐《いじ》められたら困るもん。嫌なことを言う伯母さんだなぁと思っていたが、意外なことにシャーロッテ伯母様は絹の生地をたっぷりとプレゼントしてくれた。大きな衣装櫃にどっさりと入っている。

「マックスウェル子爵領はロマノの東にある小さな領地ですが、夫は領民たちの産業育成に力を注いでいるのです。この絹織物もマックスウェル領の名産なのですよ。言っておきますが、これを売って本を買ってはいけませんよ。これはペイシェンスのドレスにしなさい」

チクチク嫌味を言うし、母の実家ケープコット伯爵家には何か含むところがありそうだけど、生地は嬉しい。

「伯母様、ありがとうございます」

素直にお礼を言っておく。

「いいえ、私には娘がいませんから、貴女にはもっと気を掛けなくてはいけなかったのです」

意外と悪い人ではないのかもしれないと思ったが、やはり厄介だ。

「それからリリアナが訪ねてくると思いますわ。あの子はきっと無理を言うと思うけど、受けておいた方が良いですよ」

父親は渋い顔をした。無理ってなんだろう。

私が首を捻っていると、シャーロッテ伯母様がクスリと笑った。

「本当にペイシェンスはユリアンヌと似ているわ。あんなことがなければケープコット伯爵家が貴女を保護したでしょうね」

父親が苦い顔をしている。母親の実家とも揉めたのだろうか？

「まぁ、ケープコット伯爵はカッパフィールド侯爵の寄子ですから、仕方ありませんわよね。東に領地を持つ我家も寄子ではありませんが、あまり公には近寄れませんでしたもの」

これはシャーロッテ伯母様なりに謝っているのだろか？　私がマーガレット王女の側仕えになったから、近づいても良い雰囲気になったのか？　ここら辺の常識がわからないよ。

それにしてもリリアナ・ノースコート伯爵夫人はなんの無理を言いに来るのだろう。借金の申し込みじゃないよね。受けた方が良いってことは、受けられるけど厄介なのだろうな。これ以上、弟たちとの冬休みを邪魔してほしくないな。


アマリア伯母様から王立学園の制服や子ども用の防具などのお古が送られてきた。

「何故、初めにいただいたのが女の子用の制服だけだったのかわかるわねぇ」

制服は毎日着るから袖口や裾などが擦り切れて、テカッたりしている。ラシーヌのお下がりも古びていたが、男の子用は引っ掛け傷や綻びが多かった。でも、私には生活魔法がある。全部、新品同様にしたよ。

「お嬢様の生活魔法は本当に役に立ちますね。それに前よりも力が強くなられたように思います」

そりゃ、毎朝マーガレット王女を起こし、身支度を手伝っているからね。それに内職でも使っているし……使いまくっているよね。本当！

子ども用防具も色々なサイズがある。木剣も大中小とあるから、新品同様にしておく。

「ナシウス、ヘンリー、防具を当ててみましょう」

二人に防具を付けさせる。革のバンドで調整可能なので、手直しは要らないみたい。

「こら、ヘンリー！　部屋の中で木剣を振り回してはいけない」

騎士になった気分で木剣を振り回すヘンリーをナシウスが叱る。

「駄目ですよ。遊びではないのですからね」

とはいえ、男の子はチャンバラごっこ好きだよね。ジョージを呼んで、庭で稽古させる。

ナシウスも頑張ってね！

その間に、私はワイヤットと話さなきゃ。二人に能力チェックを早く受けさせないとね。

「ワイヤット、少し時間を良いかしら?」

いつもながら、ワイヤットは私が何をしに来たのか知っているみたい。

「ええ、お嬢様。何かご用ですか?」

それなのに知らん顔をして聞くのが曲者っぽいんだよね。

「お父様はナシウスとヘンリーの能力判定について、どうお考えなのでしょう。王立学園では魔法実技があるのです。早く練習しないといけませんわ」

本来なら父親が気をつけるべき事柄なのだが、ペイシェンスも本当にギリギリに能力チェックを受けた。まぁ、病気で死にかけていたから仕方ないのかな？　いや、他の貴族の子はもっと早くから受けていると思うよ。キース王子とか自信満々だったもん。ずっと前から練習していた態度だった。

「そうですね。子爵様にお伝えして、教会に連絡をいたしましょう」

金貨二枚は痛いけど、これは必要経費だ。特にヘンリーは身体強化系だと思うから、正式な剣術訓練を始める前から使えた方が良い。

やはり金貨二枚は痛いんだね。ワイヤットが壊れた骨董品をそっと四つ差し出してきたよ。ちゃんと新品同様に修復するよ。高く売ってね！　それにしても壊れた骨董品、多くない？　蚤《のみ》の市とかで壊れた物を安く買ってきているのかな？　蚤の市があるなら行ってみたいな。

次の日、父親が弟たちを連れて教会に行った。男の子は、侍女の付き添いは要らないんだね。それによそ行きの服はメアリーと用意していたよ。

「さぁ、お祝いをしなきゃ！」

あの貧しかった去年でもお祝いをしたんだよ。可愛い弟《エンジェル》たちの為にしないわけないじゃん。

「ナシウスは梨が好きですから、梨のタルト」これは決定だよ。

「ヘンリーはお肉が大好きですから、奮発して大きなステーキにしたいのですが……」

エバが首を横に振る。大きなステーキは無理みたい。でも大丈夫。量は増やせば良いんだよ。

「エバ、肉を包丁で細かく叩いて。それと玉ねぎをみじん切りにして炒めて。古いパンをちぎってミルクに漬けてね」

そう、少ない肉を玉ねぎやパンで嵩《かさ》を増せるハンバーグだよ。

「材料をまとめてボールに入れたら、人数分に分けて丸めて平たくするの。それをフライパンで焼いたらハンバーグステーキになるのよ。ソースはトマトソースにハンバーグステーキを焼いた肉汁を煮詰めてね。付け合わせは任せるわ」

料理はエバに任せて、私は温室で薔薇を切る。高く売れる薔薇だけど、お祝いだもの。

食卓にはテーブルクロスが掛けてある。その真ん中に薔薇を低く生ける。これは前世のテーブルセッティングで見たからね。高く生けると相手の顔がよく見えないから駄目なのだ。弟たちの顔はよく見たいもの。

私もメアリーに手伝ってもらいドレスに着替える。お祝いだからね。ペイシェンスも栄養が足りて、頬もふっくらして可愛くなったね。前はガリガリで、目ばかり目立っていたけど、今も目は大きいけどギョロッとはしてない。うん、かなりイケてるよ。

馬車が帰ってきた。玄関で出迎えるよ。

「お帰りなさい」

父親と弟たちと食堂に向かう。

「ナシウス、ヘンリーおめでとう」

ヘンリーは薔薇が飾ってあるのを見て「綺麗ですね」と喜ぶ。ナシウスは「お姉様、良いのですか?」と心配そうだ。薔薇を高く売っているのを知っているのだ。幼いのにお金の苦労をさせてごめんね。父親は薔薇には気づいたらしいが、お金のことは知らないみたい。子爵家のお坊ちゃん育ちだからね。

「二人のお祝いですもの」

席に着くと珍しく父親が口を開いた。

「今日はナシウスが風の魔法を、ヘンリーが身体強化の魔法をエステナ神から賜った。おめでとう」

普段は信仰深くなさそうだけど、魔法を無事に賜り、嬉しかったみたいだ。私もホッとしたよ。貴族はほぼ魔法を賜るけど、例外はどこでもあるからね。

「さぁ、食べましょう」

前菜は野菜のパテだよ。スープは蕪のクリームスープ。そしてメインはハンバーグステーキだ。

「お姉様、とっても美味しいです」

ヘンリー、お腹いっぱい食べてね。

「これは柔らかくて食べやすいな」

父親にも好評みたいだ。

「お姉様、ハンバーグステーキとはどこの料理ですか？　地名らしい名前ですが」

おっとナシウス、まずいな。

「さぁ、上級食堂《サロン》で食べた料理を真似したのです」

誤魔化したよ。ごめんね、まだグレンジャー家では上級食堂《サロン》で食べるお金はないから気づかれない。グッスン。

デザートは梨のタルトだ。梨はコンポートしたのを薄く切って並べてある。本当にエバは薄く切るのが上手いよ。

「わぁ、梨のタルトですね」

ナシウスの大好物だからね。ここで出さないでいつ出すんだよ。

「お姉様、とっても美味しいよ」

ヘンリー、そんなに急いで食べなくても誰も取りませんよ。ナシウスはゆっくりと味わっている。まだグレンジャー家ではスイーツは贅沢品だからね。

「二人には私が魔法の使い方を教えよう」

父親と同じ風の魔法のナシウスは大丈夫だろう。ヘンリーも使い方ぐらいは教えられるのかな。姉たちに説教されたからか、父親としては積極的だ。良い傾向だね。この勢いで就職してくれれば良いのだけど。


アマリア伯母様から話が通ったのか、サティスフォード子爵家のラシーヌ様から手紙が届いた。火曜と木曜の午後にアンジェラの馬術教師を遣わすと書いてあったみたい。父親はそれだけを伝えたけど、私にも手紙が届いた。その中にはサティスフォード家にお茶に来てほしいと書いてあった。

「お父様、どういたしましょう」

私は手紙を父親に見せて判断を仰ぐ。

「うむ、馬術教師を派遣して下さるのだ。一度、挨拶に行った方が良いだろう」

また弟たちとの時間が潰れるけど、これは馬術訓練の為だ。私はいつでも行けるので、こんな場合は相手に合わすことにする。

「メアリー、この手紙をサティスフォード子爵家に届けて」

屋敷の場所がわかるかかな？　なんて心配しなくても良いみたい。すぐにメアリーは手紙

を届け、そして返事をもらって帰ってきた。

「明後日、サティスフォード子爵家のお茶に招かれたわ。何か手土産が必要ね」

クッキーはバターと砂糖がないと焼けない。ここは薔薇で良いかな？

「薔薇で良いかしら？」

お金持ちだというサティスフォード家だから薔薇ぐらいあるだろうけど、手土産だからなんでも良いでしょう。

「薔薇とお嬢様が作られた新曲の楽譜はいかがでしょう。お屋敷を訪ねた時、ハノンの音が響いていましたから」

アンジェラは音楽を集中的に習わされていたからね。マーガレット王女の音楽好きの影響だ。でも、同級生のジェーン王女は活発で乗馬好きだ。アンジェラが音楽好きで乗馬が苦手だったら気の毒だな。従姪《じゅうてつ》のアンジェラの様子を見て音楽クラブに誘っても良いかラシーヌ様に聞いておこう。

などと考えていたが、それは私が馬が苦手だからだ。ゆっくりとなら歩かせるよ。というか、馬が勝手に歩くだけだ。

サティスフォード家を訪問する午後、薔薇を花束にし、私の新曲の簡単なのと音楽クラブで披露した曲を数曲分、綺麗に書いて手土産にする。馬をレンタルして馬車で行くほどの距離ではなかった。すぐ近所だよ。でも、屋敷の大きさは勝ったね。なんて考えていたけど、屋敷の中は全然違ったよ。玄関を入った所から暖かいんだ。

　従姉妹のラシーヌ子爵夫人は、アマリア伯母様にそっくりだ。つまりグレンジャー家の容姿ってことだね。裕福な生活って性格も穏やかにするのかな？　おっとりしているよ。

「従姉妹のペイシェンスと初めて会いますわね。本来なら子どもは同席させませんが、アンジェラは同じ年頃ですからよろしいかしら？」

　私は勿論良いよ。従姉妹といってもラシーヌはかなり年上だもん。

「ええ、来年は王立学園で一緒に勉強するのですもの」

　アンジェラは金髪に灰色の目の可愛い令嬢だった。ラシーヌと同じくおっとり系だ。

「従姉妹叔母のペイシェンス・グレンジャーですよ。マーガレット王女様の側仕えをしておられるの」

　アンジェラはお淑やかに挨拶する。

「アンジェラ・サティスフォードです。ペイシェンス様、よろしくお願いします」

　ジェーン王女に振り回されそうだ。

「アンジェラ様、この曲は私が作りましたの。学園で音楽クラブに入っているのですよ」

　アンジェラは嬉しそうに新譜を受け取る。この子はジェーン王女と合わないかもなんて、心配しちゃうよ。でも、私は貴族の本気を知らなかったのだ。

「ペイシェンスは寮に入ったと母から聞きました。不自由はありませんか？」

えっ、こんなおっとりした令嬢を寮に入れるの？

「私はグレンジャー家で自分のことは自分でするように躾《しつ》けられましたから、寮で不自由は感じません。それに生活魔法が使えますから」

どうやってもアンジェラをジェーン王女の側仕えにする気なのだ。

「マーガレット王女様はご不自由ではないのかしら？」

ご不自由どころか、王妃様の監視の目から逃れられてホッとされているとは言えないんだよね。

「特別室は下女が掃除をすると仰っていましたわ」

アンジェラが掃除できるとは思えないからね。

「まぁ、特別室があるのね。ではペイシェンスも特別室に入っているの？」

お金持ちは嫌いだよ。そんな金あるわけないじゃん。

「いえ、グレンジャー家は質素倹約な家風ですから普通の部屋です。でも、リチャード王子やキース王子の学友は皆様特別室に家具なども持ち込んでおられましたわ」

あの馬車渋滞はどうにかしてほしいけどね。

「なら、子爵家で特別室でも大丈夫なのね」

多分ね。上級食堂《サロン》はラシーヌも使っていただろうから説明不要だ。

「アンジェラ、これからは乗馬を頑張りましょうね」

おっとり系だと思ったラシーヌだけど、やはりアマリア伯母様の娘だよ。

「ペイシェンス、今度はサティスフォード子爵がいる時にいらしてね」

今は領地経営で忙しいらしい。港町って暇な時があるのかな？　なんてことを考えながら無事に訪問完了。


火曜と木曜の馬術教師がポニーと馬を連れて屋敷に来た。私まで乗馬訓練しなくてはいけなくなった。何故だ！

「お嬢様、もっと背筋を伸ばして下さい」

その上、馬術教師はスパルタだ。こんな厳しい馬術教師を選ぶなんて、ラシーヌはアンジェラを本気で乗馬クラブに入れる気だ。

ナシウスもポニーは乗れるようになったし、ヘンリーは馬に挑戦した。私より上手に乗っているよ。身体強化って凄いね。

「これなら次回からはポニーは必要なさそうですね」

ナシウス、大丈夫？　でも、本人もやる気満々だ。やはり男の子だね。私は一生ポニーで良いよ。中世の物語ではロバとかに聖職者やレディは乗っていたと思うけど、ロバはいないのかな？

やっと馬術訓練から解放されたと思ったら、サリエス・モンテラシード卿から手紙が届いていた。

「明日、非番だから午後から剣術指導に来るそうだ」

これは見学だけで良さそう。アマリア伯母様が勝手に引き受けただけなので、サリエス卿が来てくれるか不安だった。まぁ、続くかどうかはわからないけどね。

従兄弟のサリエス卿は気持ちの良い青年だった。現役の騎士らしいキビキビとした態度と大らかな声。好青年ってサリエス卿のことだね。私の好みからすると成長しすぎだけど、ほとんどの令嬢からは好意を持たれるよ（私はショタコンだからね）。

簡単に父親との挨拶を終えて、早速、剣術指導だ。私は弟たちが怪我とかしないか心配なので見学だよ。父親は書斎に籠もっている。暖炉に火が入ってお籠もり率がより高くなったね。少し運動させたいな。

「ナシウス、剣の持ち方からだ。そう、こう持つのだ」

サリエス卿は見た目より懇切丁寧な指導だ。

「ペイシェンス、私は騎士団で入団する見習いたちにも指導しているから慣れているのさ」

あら、顔に出ていたみたい。そっか、指導慣れているんだな。なら、安心だ。

「ヘンリーは身体強化だな。なら、よく見ていなさい」

おっ、木剣とは思えない風切り音がしたよ。ヘンリーの目が真剣だ。

「さぁ、やってみろ」

ジョージに教えてもらっていた時と全く違う。シュッと小さな風切り音がする。

「そう、その調子で素振りをしなさい」

あとはナシウスへの指導だ。持ち方から始まり、振り上げ方、振り下ろし方、足の運び。

「初回でここまでできれば上出来だ。ナシウスは風の魔法だな。剣に風を纏わせれば強化できる。だが、まずは素振りを練習しなさい。今度、来た時に見てあげよう」

今度も来てくれるのだね。有り難いよ。やはり現役の騎士は下男のジョージとは違うもの。

「ありがとうございます」二人がお礼を言うのをサリエス卿は笑っていなす。

「サリエス卿、ありがとうございます。お礼とも言えませんが、お茶だけでも」

折角の非番なのに剣術指南させてしまったのだ。お茶ぐらい出さなきゃね。甘い物はないけど、サンドイッチとか出してもらおう。

「いや、グレンジャー子爵家には騎士団も恩を感じているからな。このくらい良いのさ」

騎士団が恩を感じている？　わけがわからないよ。

「おや、ペイシェンスは幼くて知らなかったのか。カッパフィールド侯爵などの貴族至上主義者たちが、王立学園には上級貴族だけが入学すべきだと進言したのだ。それにグレンジャー子爵が反対して、職を懸けて下級貴族や騎士階級や平民の入学を護ったのさ。第一騎士団にも数人は騎士階級の出身がいるし、第六騎士団あたりはほとんどが騎士階級だからな。皆、感謝しているのだ」

えっ、父親の主張の方が正しくない？　アルフレッド王様もご自分の子どもを寮に入れるぐらいだから、貴族至上主義じゃないよね。でも、きっとカッパフィールド侯爵に賛同する貴族も多かったみたい。だから、父親が職を懸けて護ったのか。立派だけど……母親とペイシェンスの犠牲は大きいよ。

「そうでしたのね。知りませんでした」

ショックを受けた私を気遣ってかサリエス卿はさっさとお茶を飲むと帰っていった。

私は父親の免職の理由を知ったけど、どうしようもないことだった。何か冤罪《えんざい》とかなら調査して晴らすとかもあるけど、覚悟の免職だもん。夏の離宮での陛下の話し方だと、なんとかしたい雰囲気はあったけど、待つしかないね。

そんなことで、厄介な頼み事をするリリアナ・ノースコート伯爵夫人は忘れていたよ。

第一〇章　従兄弟サミュエル

災いは忘れた頃にやってくる。天災ではないけど、リリアナ伯母様の頼み事は厄介だった。午前中は弟たちと勉強。そして午後からは火曜、木曜は乗馬訓練。何故か私も外されないままなんだよね。

時々、サリエス卿が剣術指導に来る。その時は美味しい軽食を用意しておくよ。サリエス卿との会話は楽しい。私もペイシェンスも知らない騎士団の話が聞けるからね。ユージーヌ卿は近衛騎士団なんだってさ。格好良いよね。素敵な男装の麗人みたいだもん。なんてことを夢想する場合じゃなくなった。

父親も暗い顔で「明日ノースコート伯爵夫人が訪問される」と伝えた。アマリア伯母様より苦手そうだよ。来られる前から暗くなるね。

リリアナ・ノースコート伯爵夫人は三人の伯母様のうち一番美人だった。まぁ、年齢も若いしね。

でもそれだけではない。場を支配する能力にも長《た》けているようだ。アマリア伯母様やシャーロッテ伯母様みたいに人を探るような視線は送らない。微笑みと共に挨拶をする。こういう相手の方が怖いんだよ。

「まぁ、ペイシェンス。大きくなりましたわね。私は貴女が生まれた時に会っていますのよ」

笑顔って怖いよ。でも、赤ちゃんの時以来会ってない気がする。

「アマリアお姉様からしっかりしていると聞き、恥ずかしながらお願いに参りましたのよ」

これが厄介事みたいだけど、なんだろ。

「私の愚息の勉強を見てやってほしいのです。あの子はノースコート伯爵家の嫡男なのに末っ子のせいで甘やかしてしまったの。このままでは王立学園で恥をかいてしまいますわ」

家庭教師なの？　バイト代くれるなら良いけど……条件を聞こう。

「あの、御子息の名前と年齢は？　それと私は剣術や馬術は無理ですわ」

にっこり笑うリリアナ伯母様は、書斎に籠もってばかりの父親より数歳若く感じる。あれっ、リリアナ伯母様、父親と話してないね。無視ですか？

「一〇歳でサミュエル・ノースコートというのです。今年、王立学園に入学するのですが、このままでは来年はBクラスに落ちてしまいますわ」

あっ、能力別クラス編成はもしかして父親の発案だったのかも。リリアナ伯母様、それを怒っているのかな。だから、父親とは口をきかないのかな。

「でも、ノースコート伯爵家なら家庭教師も雇えると思いますが……」

おっ、リリアナ伯母様の笑みが深くなった。そりゃ、家庭教師ぐらいいくらでも雇えるよね。それで駄目だったんだ。従兄弟のサミュエルの家庭教師か。やれやれ。

「リリアナ姉上、それはペイシェンスには肩の荷が重いのではないだろうか？」

父親の言葉にリリアナ伯母様の笑みが深くなりすぎて、般若《はんにゃ》に見えるよ。

「我が家の恥を晒《さら》せと仰るの！」

わっ、凄い迫力。この迫力でも勉強させられないなら無理じゃないかな。

「伯母様、できるかどうかはわかりませんが、お引き受けしますわ。上級貴族の学生はBクラスに落ちるのを皆様恐れていますもの」

良かった。普通の微笑みに戻ったよ。なんて甘かった。異世界のケーキ並に甘かったよ。

「良かったわ。ではペイシェンス、早速屋敷にいらっしゃいな」

ええええ！　私の弟たちとの冬休みは？　父親に救いを求めるが、無理みたい。首を横に振っているよ。それどころか実家で遠慮がないリリアナ伯母様はテーブルの上の銀の鈴を振ってワイヤットを呼ぶ。

「ペイシェンスはこれからノースコート伯爵家に滞在します。後から侍女に荷物を持ってこさせなさい」

あれっ、弟たちとの別れは？　玄関前であっさり済ませたよ。泣きたい。

これって拉致監禁では？　従兄弟のサミュエルって、そんなに出来が悪いの。リリアナ伯母様、切羽詰まっているよね。

立派なノースコート伯爵家の馬車だけど、乗ったと思ったら着いたよ。あっ、豪華な屋敷だね。こんなに近いのに、援助してくれなかったんだ。恨んじゃいそう。

「さぁ、ペイシェンス。サミュエルを紹介しましょう」

そんな私の気持ちなんか無視ですね。仕方ないから伯母様の後ろから子ども部屋に向かう。

この屋敷も玄関に入った時から暖かかった。でも、子ども部屋は暑いくらい暖炉に火が燃えていた。勿体ないよ。

異世界には地球温暖化とかないのかもしれないけど、不必要に暖めるのは無駄だよ。

「サミュエル、貴方の従姉妹のペイシェンス・グレンジャーよ。一緒に勉強しなさい」

あっ、甘やかされっ子見つけた。サミュエルはくるくる金髪に灰青の目、そしてぽっちゃりさんだ。私はショタコンだし、ぽっちゃり体型も嫌いじゃないよ。

でも、母親が話しかけているのに無視してお菓子を食べ続けているのは駄目だよ。

「サミュエル様、ご機嫌よう。ペイシェンスです」

横に座って話しかける。やっと食べるのをやめたよ。

「新しい家庭教師なのか?」

うんざりした口調だね。きっと厳しくされて勉強に拒否反応が出ているんだろう。

「まさか、従姉妹だから遊びに来たのですよ。家には弟が二人もいるから勉強を見たりしていますけどね」

あっ、同じ年頃の男の子には興味を[illegible]い。

「何歳なのだ？」偉そうな口調だけど、今は我慢しよう。

「ナシウスは九歳、ヘンリーは七歳です」

「なんだ、年下じゃないか」

口に出しては言えないけど、ナシウスは貴方の一〇〇倍賢いよ。三歳も年下のヘンリーにも負けているから、私が呼ばれたんじゃないの？　まぁ、それはないかな。

「サミュエル様は年が明けたら王立学園へ入学されるのですものね」

あっ、その話は嫌みたいだね。ソッポを向いたよ。やだ、可愛いじゃない。拗《す》ねているぽちゃ少年もなかなかイケる。私ってショタの守備範囲広いなぁ。

「ペイシェンス、貴女にサミュエルをお任せするわ」

あっ、丸投げで子ども部屋を出ていったよ。まぁ、良いよ。リリアナ伯母様には思うところあるけど、私は少年には優しいからね。

もう少しサミュエルが勉強できるようになったら、ナシウスと友だちになってもらいたいな。ショタ増量作戦だ。

この時の私は、王立学園の初等科一年ぐらいは簡単だから楽勝だと考えていたんだよ。残念！

「サミュエルは何を勉強しているの？　教えてよ」

子ども部屋には立派な勉強机と椅子、そして家庭教師の椅子もある。

「ここにある本を覚えろと言われているのだ」

パラパラとめくる。うん、簡単だね。ってことは、サミュエルはかなりまずい状態だ。

本当にヘンリー以下だよ。

サミュエルは本を見るのも嫌そうだ。そりゃ、この状態はまずいからノースコート伯爵家も色々な家庭教師を雇ったはずだ。それで余計に勉強嫌いを拗らせちゃったんだね。

「サミュエルは何をするのが得意なの？」

嫌いな勉強をさせるのは後にしよう。好きなことをさせてみよう。

「私は乗馬が好きだ」

うん、私と趣味が合わないね。次、行こう。

「他には？」あれっ、サミュエルが笑顔になったよ。その笑顔、リリアナ伯母様に似ているね。

「お前、乗馬が苦手だろう」

見抜かれた。フン、私を舐めるなよ。

「私は令嬢ですもの。乗馬が苦手でも問題ありませんわ。それより、サミュエルの得意なものはありませんの？」

サミュエルは嬉しそうに笑う。

「乗馬は令嬢でも必要だぞ。狩りに招待されたらどうするのだ？　母上も乗馬が上手い」

「家には馬はいません。だから狩りにも招待されませんわ」

馬がいないと聞いて驚いている。

「何故、馬がいないのだ？　馬がいないと馬車はどうするのだ？」

「馬は飼葉が要るから飼いません。馬車を使う時は馬をレンタルするのです」

貧乏貴族の生活なんて知らないみたい。驚いている。

「へぇ、お前の家は貧乏なのか？」

本当のことだけど、失礼だよ。

「サミュエル、グレンジャー家は誇り高く清貧を貫いているのです。だから、不必要な暖房はあり得ません」

暖炉から燃えていない薪を火かき棒で退けたよ。

「お前、面白いな。家庭教師は何も言わなかったぞ。私も暑いと思っていたのだ」

サミュエルは勉強嫌いだけど、馬鹿ではなさそうだ。まぁ、あのリリアナ伯母様の子だから馬鹿じゃないよね。

「で、乗馬以外の得意なことはないのですか？」

「私は音楽が好きだ。でも、父上も母上も勉強しろとばかり言われるのだ」

まぁ、小学校低学年ぐらいしか進んでいないなら、上級貴族の親は焦るよね。でも、大丈夫だと思うよ。馬鹿じゃないなら、勉強のコツを覚えれば良いだけだもの。

子ども部屋には楽器も揃っている。ハノンにリュートにフルー。今日は音楽を一緒に演奏しよう。

「私の作った新曲を弾きますね」

サミュエルは真面目に聞いていた。そして、それをリュートで弾いてみせる。

「まぁ、サミュエルは素晴らしい才能に恵まれているのね」

貴方はモーツァルトか。聞いたらすぐに弾けるだなんて。心から褒めたのがわかったみたい。

「お前の新曲は素晴らしい。もっと聞かせてほしい」

かなり距離が近づいたね。

「お前ではありません。ペイシェンスですわ」

「ペイシェンス、他の曲を弾いてくれ」

年上なのに呼び捨てですが、まぁ、良いでしょう。何曲か弾いてあげる。

「ペイシェンスは才能があるな。もしかして音楽クラブに入っているのか？」

もしかしてサミュエルは音楽クラブに入りたいのかも。

「ええ、マーガレット王女様の側仕えですから、クラブも一緒ですわ」

「良いなぁ。私も音楽クラブに入りたいのだが、母上に聞いても難しいと言われたのだ」

音楽クラブは推薦制みたいだからね。でも、サミュエルならアルバート部長も認めてくれるよ。彼は純粋な音楽馬鹿だからね。

「ねぇ、サミュエル、音楽クラブに推薦してあげると言ったら、一緒に勉強する？」

勉強と聞いただけで拒否反応を示す。どれだけ厳しくされたのかな？　これは難しそう。このままじゃ、弟たちとの楽しい冬休みがなくなっちゃうよぉ。なんとかしなきゃ！

メアリーが私の着替えを持ってきてくれた。

「お嬢様、大丈夫ですか？」

まぁ、急にノースコート伯爵家に連れていかれたからね。それにメアリーはリリアナ伯母様に感謝する理由もないしさ。

「ええ、従兄弟のサミュエルに勉強を教えるだけですもの。それで、メアリーもここにいるの？」

近いから良いのじゃないかな？　って思ったけど、やはり侍女はいるみたい。

「当たり前です」と言うメアリーだけど、屋敷から色々と持ってきてもらいたい物がある。まぁ、歩いてもすぐだよね。

サミュエルの勉強嫌いは根っこが深いから、素直には机に着いてくれそうにない。本当はヘンリーあたりを連れてきてほしいよ。ナシウスは駄目だよ。劣等感から穴を深く掘ってしまうからね。

夕食の為に着替えるのはノースコート家でも一緒だ。そして、サミュエルもキチンと着替えるとそこそこ見られるよ。ちょっとだけ絞れば良い感じになるね。

一〇歳になったら食事は一緒なんだね。あっ、ナシウスが一〇歳になったらヘンリーだけ子ども部屋で夕食を食べるんだ。困ったなぁ。なんて考えているうちに夕食は終わった。

美味しかったよ。それにボリューームたっぷり。ノースコート伯爵はパッと見た目は優しそうな紳士だ。

「ペイシェンス、サミュエルに勉強を教えてくれるのだな。感謝するぞ」

一応、言葉では感謝してくれたけど、親戚の女の子が一人増えたことに関心はなさそう。嫡男のサミュエルのことにもあまり興味がなさそうだ。金持ちの貴族って冷たい感じがするな。

ここに比べたらモンテラシード伯爵家の方が、関係が密なのかな。サリエス卿なんかアマリア伯母様に言われて、わざわざ剣術指南に来てくれたし。

うん、サミュエルの食事マナーに問題はない。つまり、覚える気になれば、覚えられるのだ。音楽とか一度で聞き覚えるのだから、能力的には優れているとも言える。リリアナ伯母様もグレンジャー家の出身なのだから頭は良いはずだもん。

拗らせ男子の改善計画。なんだか萌えるテーマだけど、上手くいくかな？

次の日、私はリリアナ伯母様に絵の具や木片を用意してもらった。

「何をするのかわかりませんが、どうにかサミュエルがAクラスから落ちないようにして下さい」

さすが、お金持ちは違うね。たっぷりの絵の具が用意されたよ。

「サミュエル、午前中は絵を描きましょう」

勉強をさせられると構えていたサミュエルはホッとしたみたい。

「何を描くのだ？」

小さな木片を見て訝《いぶか》しんでいる。本来なら習得できているはずなのに、サミュエルは綴《つづ》りもあやふやだ。なので、カルタを作るよ。

「この表にある物の絵を描いていくのよ」

私はサッサと描き始める。アルファベット全ての絵を描くのは大変だもんね。

「サミュエルはわかりやすいのを描けば良いわ」

サミュエルはカルタの意味がわかったようだ。

「こんなの子どもがする遊びじゃないか」

それができてないから、するんじゃない。でも、そんなことを言ったらプライドが傷つくね。

「ほら、こうして遊ぶのよ。長い単語は得点が大きいわ」

絵の左上にアルファベットを一文字書いてある。そのアルファベットで単語を作る。

「競争だな！」男の子って競争が好きだね。

「サミュエルが勝ったら、新しい曲をプレゼントするわ」

あっ、サミュエルが笑う。嫌な予感しかしないよ。

「なら、ペイシェンスが負けたら乗馬訓練に付き合ってもらうぞ。やはり乗馬はできた方が良いと思うからな」

絶対に負けられないね！　私が本気なので、サミュエルも本気になる。

そして勝ったぞ！


昼からは、サミュエルが剣術訓練や乗馬をしている間に、沢山のカードを作る。これは歴史カードだよ。表には簡単な絵で歴史的事件を描いて、裏には事件と年代。

「数学は分数でつまずいているみたいね。知育玩具が欲しいわ」

前世の知育玩具ってよく考えられていたよね。姉の子どもに買ったのを思い出す。

「確か丸い版になっていて、半分とか四分の一とかに分けられるのよ」

糸鋸《いとのこ》はなくても生活魔法はある。木板に大きな丸を描いて、切り取る。それを何枚か作って、半分、四分の一とかに切って絵の具を塗る。これも競争《ゲーム》できるよ。箱に入れて、一枚ずつ取っていって丸を早く完成させた方が勝ちだ。

お茶の時間もノースコート家にはある。羨ましいよ。でも、お菓子は砂糖ザリザリなんだね。サミュエル、そんなのを食べたら太るよ。リリアナ伯母様は口にしないね。そりゃ、あれを食べたらスタイルキープできないものね。

「ペイシェンス、次は何をするのだ?」

ほんの少しだけ、勉強に抵抗がなくなったようだ。

「新しいゲームですよ。今度も私が勝つでしょう」

「ふん、乗馬がそんなに苦手なのか。それでマーガレット王女様の側仕えができるのか?」

したくてしているわけじゃないけど、痛いところを突くね。

「まぁ、ペイシェンス。乗馬ができないのですか?」

おっと、リリアナ伯母様の笑みが深くなるよ。

「それはいけませんわ。ウィリアムは自分が嫌いだからと剣術や乗馬を息子に教えていなかったとアマリアお姉様から聞きました。本当に困ったことだわ。ペイシェンスもサミュエルと一緒に乗馬訓練をしなさい」

うちでは週二回だったのに、ここでは毎日なのか。踏んだり蹴ったりだ。

でも、この乗馬訓練でサミュエルとの距離はより近くなった。誰でも自分より勉強ができる相手って劣等感を刺激されちゃうよね。私の不様な乗馬で溜飲《りゅういん》が下がったようだ。

「ペイシェンス、もっと背筋を伸ばせ！」

なんでキース王子といい、偉そうに乗馬訓練に口を出すのかな。やられたら、やり返すぞ。

サミュエルの綴り方はかなり進歩した。国語はこれで大丈夫だろう。数学もゲームで分数が理解できたみたい。一年のはこのくらいで良いよね。歴史はまだまだだね。魔法学はペラい教科書を丸暗記させたよ。クイズとアンサー形式で覚えさせたんだ。サミュエルは負けず嫌いだからね。これは飛び級できそう。問題は古典だよ。

「こんなの勉強する意味がわからない」

「まぁ、キース王子様と同じ意見ですね。でも、キース王子様は数学、国語、魔法学、音楽、ダンスが飛び級だったから、古典が苦手でも大丈夫でした。サミュエルは、国語、魔法学、音楽、美術、ダンスは良いですが、数学と歴史はまだ不安です。古典を頑張らないと危ないですよ」

キツいかなと思ったが、正直な意見だ。

「そっか、キース王子様も苦手なのに古典を勉強されているのだな。なら、私も頑張らなければいけない」

歴史のカードを増やしたし、一年ならこれで十分だ。数学は意外と計算は早い。ゲームの時なんか、文字数の合計とか私より早い時もある。何故、これで勉強嫌いだったのだろう。

「サミュエルは今まで何故勉強をしなかったのかしら？　すればできるのに」

褒められて照れるサミュエルだが、深刻な話になった。

「私は亡くなったジュリアス兄上の代わりなのだ。とても優秀だったジュリアス兄上は九歳になられた時に事故で亡くなられた。そしてノースコート伯爵家は跡取りをなくしたのだ。それから私が生まれた。姉上たちとは一〇歳以上も離れている。つまり、私はジュリアス兄上が生きておられたら生まれなかったのだ」

何をしても優秀だったジュリアスと比べられる。その上、姉たちとは年が離れている。異世界では一〇歳の壁が大きい。常に一人で子守りや家庭教師と育ったのだ。可哀想すぎるよ。

「サミュエルは、サミュエルよ。それにうちのナシウスも来年は学園に入学します。きっと飛び級しますから、そのうち同級生になりますわ」

サミュエルは微妙な顔をして笑った。

「それは勘弁してほしいが、ナシウスとは友だちになっても良い。それと下の弟のヘンリーともだ。従兄弟なのだからな」

なんとかサミュエルが王立学園で落ちこぼれそうになくなったので、やっと屋敷に帰れる。

「ペイシェンス、とてもお世話になったわ。グレンジャー家の窮乏は知っていましたが、私は他家に嫁いだ身です。経済的援助はできませんでした。でも、今回の件は別です。サミュエルはノースコート伯爵家の嫡男なのですから」

はっきりと口にしなかったが、父親への手紙には謝礼の小切手が入っていたみたい。初バイトだね。

やっとノースコート伯爵家から帰った。弟たちと楽しく冬休みを過ごそうと思っていたのに、あと三日しか残ってない。サミュエルも可愛いけど、やはり弟たち《エンジェル》には勝てないね。

一瞬たりとも離れたくないと思っているのに、王宮から呼び出された。シクシク。

王妃様ってノースコート伯爵家から帰ったのがわかったのかな？　王宮から回された立派な馬車であれこれ呼び出された理由を考える。ノースコート伯爵家からの謝礼で馬が飼えないかな？　なんてことを考えていたのも見透かされたのかも。

同乗しているシャーロット女官に質問したいけど、王妃様に会えばわかることだ。

王宮に着いた。何故、呼び出されたのか疑問を持ちながら、王妃様に挨拶する。

「ペイシェンス、ここに座りなさい。貴女は中等科に飛び級したのね。マーガレットから聞いてはいましたが、優秀ですね」

お褒めの言葉は嬉しいけど、それで呼ばれたのではないよね。緊張するよ。

王妃様は履修要項を差し出された。中等科になれば単位制だからね。私も何を取ろうか考えているよ。でも、時間割表がないと決定できないし、マーガレット王女と同じ科目を選択しなきゃいけないから決められないので放置していた。

「あのう、何か問題でも？」

この履修要項はマーガレット王女のだよね。家政コースのあちこちに丸がつけてある。音楽、ダンスにはバツが付いている。修了証書もらって免除だからだね。

「あの子ときたら、必須の料理、裁縫以外は全部実技は外すつもりなのです」

丸がついているのはマナー、外国語、育児学、栄養学、家庭の医学、美容。

「マナーと美容は実技なのでは？」

王妃様が笑う。怖いよ。

「マナーなど今更習う必要はありません。それに美容は簡単な体操や顔の手入れや髪の結い上げ方などの内容です」

まぁ、マーガレット王女は幼い頃からマナーは教えられているから無用かもね。

「でも、それは誰でも同じではないでしょうか。私にとって数学はとても簡単ですが、誰も不公平だとは言いませんわ」

王妃様は少し考える。

「それは確かにそうですわ。でも、私はあの子の楽をしようとする姿勢が気になったのです。リチャードやキースやマーカスと違い、いつかは私の手から旅立つのですから」

確かに王子と違い王女は嫁に行く。嫁入り先で苦労するのを案じておられるのだ。

「私は染色や織物も楽しそうだと思いますが、マーガレット王女は興味がないのでしょう。

それに、マーガレット王女がどこに嫁がれたとしても、織物や染色をされる必要があるとは思えませんわ」

そんな心配より、朝起きる心配をした方が良いなんて言わないよ。きっとお付きの侍女が苦労するだけだもの。

学園を卒業したら、普通の貴族の令嬢や貴婦人は朝早くから起きたりしない。ノースコート伯爵夫人も朝はベッドで食べていたからね。

「そうね。私は心配しすぎなのかもしれません。学園のことは本人に任せましょう」

そうですよ。だって必須の裁縫と料理だけでも大変そうだもの。

「ペイシェンスはすぐに飛び級できるでしょうが、マーガレットをよろしくお願いしておきます」

あっ、必須の裁縫と料理の面倒を見なくてはいけないんだね。ヤレヤレ。

マーガレット王女には秘密だったのか会わなかった。ハノンを弾いたわけでもないのにバスケットにはたっぷりと卵やバターや砂糖、そして上等な小麦粉も入っていた。

「シャーロット様は家政コースをとられたのですよね。必須科目の裁縫と料理はどの程度を求められているのでしょう」

帰りも同乗したシャーロット女官に質問する。

「裁縫はワンピースやドレスを縫いましたわ。私も料理は苦手ですが、欠席しなければ単位はいただけるはずです」

そっか、料理は欠席しなければ良いのか。なら頑張って出席してもらおう。マーガレット王女は不器用ではない。ドレスを縫う根気があれば良いのだ。

「何か気をつける科目はありませんか」

シャーロット女官は少し考えて口を開く。

「家政コースは基本的に花嫁修業なので、さほど難しくはありません。私の頃は外国語が習得しにくい科目でしたわ。でも、最初の一週間はオリエンテーションなので、そこで難しいと思えば履修届けを出さなければ良いのです。それか、途中で辞めても良かったはずです。他の単位を取れれば良いだけですから」

大学のシステムに似ているね。なら、錬金術も授業を受けてみて、できそうになかったら取らなければ良いだけだ。

「参考になりました。ありがとうございます」

私の場合、必須科目はダンスだけ残っている。でも、家政コースと文官コースの必須も取らなきゃいけないんだね。そこは外せない。

時間割表を見なければ取れる科目はわからない。必須を押さえてから、マーガレット王女の選択科目。そして文官コースの選択科目。その後で錬金術かな？

中等科の時間割がどんな風になるのか、頭が痛いよ。この時、私はシャーロット女官が四年前に卒業したのを忘れていた。父親の影響で能力別クラス編成を受け入れたりしていたし、花嫁修業コースと呼ばれる家政コースも微妙な変化をしていたとは知らなかった。

そして、私は異世界の常識に疎い。何故、王妃様が不安を感じて私を呼び出されたのかピンと来ていなかった。マーガレット王女は一四歳になられる。王女は政略結婚されると知っていたのに、その意味が未だよくわかっていなかった。マーガレット王女にはあちこちから縁談が舞い込んでいたのだ。

冬休みが終わり、私は寮に行かなくてはいけない。私は弟たちとの別れが悲しくて、親戚との関係が改善できたのは良かったが、もっともっと一緒に勉強したり遊んだりしたかったと悲嘆に暮れていた。

「お姉様、乗馬教師が火曜、木曜だけでなく日曜も来てくれることになりました。お姉様も乗馬訓練が続けられますね」

そんなショックなことを嬉しそうにナシウスが伝えてくれる。意外だけどナシウスは乗馬訓練が好きみたいだ。それに剣術訓練もヘンリーには負けるが、サリエス卿の指導でメキメキと腕を上げている。どうやら王立学園の体育で落ちこぼれることはなさそうだ。

「それは知りませんでしたわ」本当に！

「これでお姉様も馬に乗れるようになりますね」

ヘンリーの笑顔が眩《まぶ》しすぎるよ。私が乗馬が嫌いだとは少しも思ってないのだ。

「ええ、そうですね。私だけでなくお父様にも馬に乗ってもらえば運動になると思いますわ」

父親を巻き添えにしよう。書斎に籠もってばかりでは健康的ではないからね。免職の理由は立派だったけど、やはり働いてほしい。その為には体力を強化しておきたい。

「そうですね！　今度、馬術教師が来たらお誘いします」

ナシウスは意味がわかったみたい。父親がずっと書斎に籠もっているのは不健康だものね。

「やったぁ！　父上と馬に乗るんだ」

ヘンリー、いつまでも純真な心でいてね。

二人にキスをして馬車に乗る。ああ、あと一週間も会えないのだ。悲しいよ。

この時の私は、学年飛び級してマーガレット王女と同級生になる意味がわかっていなかった。

そして、中等科の単位制の授業の楽しさもね！　それと生涯の友になる人たちとの出会いも！　何も知らずに、弟たちとの別れだけを悲しんでいた。

中等科に進んで、私の人生は大きな分岐点《ターニングポイント》を迎える。


異世界に来たけど、生活魔法しか使えません②／完

外伝　私のお姉様……ナシウス視点

私はナシウス・グレンジャー。グレンジャー子爵家の嫡男になるのかな。何故、そんな自信なさそうな名乗りなのか？　それは家がとても貧しくて子爵家と言って良いものかわからないからだ。

お父様のウィリアム・グレンジャー子爵は、前は王宮で陛下にお仕えしていたそうだけど……ごめん、覚えてないんです。

私は今九歳で、どうやらお父様が免職になったのは五年前みたいなので、四歳の私は何があったのか知らない。

優しかったお母様が六歳の時に亡くなられたのも、ぼんやりとした記憶になっている。

私はその時、四歳のヘンリーと家に残されていたので、お葬式には行ってないのだ。

それからは二歳年上のペイシェンスお姉様が、お母様の代わりに私と弟の面倒を見て下さっている。

私やヘンリーに字や数字を教えて下さったのもペイシェンスお姉様だ。お母様は具合が悪い日が多くて、あまりお会いできなかったからね。

ヘンリーはほとんどお母様のことを覚えていないみたいだ。だから、私とペイシェンスお姉様とでいっぱいお母様がどれほど優しい方だったか教えてあげている。

私もお姉様ほどはお母様のことを覚えていないのだ。でも、それは内緒だ。お姉様の顔が悲しそうになるのは困るからだ。


そのお姉様が一年前に重い病気になられた。毎朝、挨拶のキスをしてくれていたのに、朝食にお見かけしなかった。

「お姉様は？」とお父様に聞いたが「風邪をひいたようだ」としか答えて下さらない。でも、愚かにも私はその言葉を信じていたのだ。そして、次の日も、次の日も、お姉様は朝食にも昼食にも、夜のお休みの挨拶にも来られなかった。

「お兄様、お姉様は？」

六歳のヘンリーを不安がらせてはいけない。私は兄なのだ。お姉様が私を守って下さったようにヘンリーを守らなくては！

「風邪をひかれたようだ。きっと私たちにうつしてはいけないと考えておられるのだろう」

そう答えたが、私も信じていない言葉なので、ヘンリーの不安を拭うことはできなかった。

そして、貧乏な我家に医師が呼ばれた。私はコソッと子ども部屋から覗《のぞ》いて、黒い服を着た医師の後ろ姿を見て、お母様が亡くなられた時を不意に思い出した。

『お姉様が亡くなられるのでは！』

私は不安で眠れなかった。スヤスヤ眠るヘンリーをこれから先は私一人で育てなくてはいけないのだ。

だってお父様は、生活面は頼りないお方だもの。それはお母様やお姉様も言っておられた。あっ、これを盗み聞きしたのは、秘密なのだ。

だが、お姉様は回復なされた。メアリーの晴々とした顔でわかった。医師のお陰だ。私は将来、医師になろう！

それからお姉様は教会で生活魔法を賜り、我家を改善していかれた。生活魔法とは素晴らしい魔法だ。私も生活魔法なら良いのだが、どうもお父様に言わせると自分と同じ風の魔法ではないかとのことだ。

でも、このところのお姉様は少し変なところもある。忙しくてうっかりなさることが多いのだ。

「これなら王宮の女官になれるかもしれませんね」

お姉様の生活魔法なら女官になれると思って言ったのだ。

「王宮の女官？」なのにお姉様は怪訝《けげん》な顔をなさる。

「お姉様の望みでしたでしょ」と聞いたら「ええ、そうね。でも、王宮の女官になると決めるのは、学園で勉強してからですわ」と言われた。

その通りだ。お姉様が女官で終わる方だなんて私は愚かだ。きっと、もっと大きなことを考えておられるに違いない。

「そうですね」と笑った。お姉様ならきっと女性初の大臣になられるかもしれない！

私は図書室で、風の魔法を調べた。攻撃魔法もあるが、治療もできるみたいだ。だが病気の治療は光魔法だと書いてあり、医師になれないのかとガッカリした。

お姉様の生活魔法も調べた。私は魔法のことは知らないが、どうもおかしい気がしていたからだ。本を読んでも、古い物が新品同様になる生活魔法など、どこにも書いてない。それに、壊れた温室を直すのは生活魔法なのか？　野菜を育てる生活魔法もない。でも、そんなことはどうでも良い。お姉様は私の大好きなお姉様なのだ。

それにお姉様は少しうっかりされているところもあるから、私が大きくなったら支えてあげなくてはいけない。お姉様ときたら王立学園に入学されることもうっかり忘れておられたのだ。

「一月になったらお姉様も学園に入学されるのですね。おめでたいことですが、寂しくなります」

一年前の一二月、私がそう言ったらお姉様はびっくりされた。あれは演技ではなかったと思う。

「王立学園はロマノにあるのですから、通えるのでは？　だから、寂しくはありませんよ」

私は驚いた。前に言われていたことと違うからだ。

「でも、毎日は馬を借りられませんから、寮に入ると前に仰っていたでしょ」

ハッと思い出されたようだ。うっかりされているお姉様も可愛い。

「そうでしたね。でも、休みの日は帰ってきます」

えっ、歩いて帰ってこられるつもりですか？

「でも、お姉様お一人では無理です」

貴族の令嬢には侍女の付き添いが必要だ。でも、家にはメアリーしかいない。

「ナシウス、どうにかします。お姉様を信じて」

勿論です。私はお姉様を信じます。お姉様が温室で野菜を作られるようになってから、私もヘンリーもお腹がすいて眠れない夜はなくなった。今年の冬は寒かったけど、お姉様がベッドカバーを作って下さった。

でも、やはりお姉様が王立学園の寮に行かれる時は辛かった。心配させてはいけないから、ヘンリーと泣かないように約束していた。

「お姉様、お元気で」私は涙を堪《こら》えるのに必死で、それしか言えなかった。

「お姉様、本当に週末は帰ってきてくれるの？」ヘンリーは不安そうだ。ぎゅっと弟の手を握ってやる。

「二人とも元気に過ごすのよ」

そう告げて、お姉様は馬車で王立学園の寮に行かれた。一週間もお会いできない。

「お兄様、本当に帰ってこられるの？」

ヘンリーが泣いている。私が弟の面倒を見なくてはいけないのだ。

「お姉様はきっと帰ってこられるよ」

小さな弟を抱きしめて、慰める。この弟の勉強も私が教えるのだと思っていたが、お父様が私たちの勉強を見て下さった。

そして、一週間後の土曜日、お姉様が帰ってこられた。

「お姉様！」

私とヘンリーは階段を駆け下りる。

「ナシウス、ヘンリー、元気にしていましたか？」

お姉様に抱きしめてもらった。私にとってお姉様はお母様と同じだ。それに、お姉様はたった一週間で二年生に飛び級されたのだ。

「お姉様はとても賢いのですね！」

凄く誇りに思う。グレンジャー家は、学問の家だ。私も頑張らなくては。

そしてお姉様はマーガレット王女様の側仕えになられた。とても名誉なことなのにお姉様は浮かぬ顔だ。何か問題でもあるのだろうか？

この頃から屋敷に変化が訪れ始めた。初めはトイレだ。屋敷にトイレがあることを私は知らなかった。でも、本当に嬉しい。もしかして、これはお姉様が何かなさったのではないか？　もう赤ちゃんではないので、オマルは恥ずかしいと思っていたのだ。

それに王妃様からハノンもいただいた。お姉様から習っている。

お姉様は王妃様から卵やバターや砂糖もいただき、それでお母様と作ったお菓子を作って下さった。実は私はお母様が作ったお菓子の記憶はない。でも、こんなに美味しかったのだろうか？　お父様も不思議な顔をなさっている。

温室で育てた苺を三人で採って食べた。お姉様は五粒しか食べてはいけないと言われる。とても美味しいのに残念だ。

「苺って美味しいのですね」

お姉様と私は驚いた。そうか、ヘンリーは貧しい暮らししか知らないのだ。前のお菓子を食べた時も興奮してうるさかった。

私もあまり覚えてはいないが、それでも苺ぐらいは食べた記憶がある。大きくなったら官僚になって美味しいものをお腹いっぱい食べさせてあげるからね。そしてお姉様には綺麗なドレスを買ってあげようと決めた。

お姉様は賢い上にハノンがとても上手だ。音楽クラブに属されていて、青葉祭では新曲を発表される。それに退屈なハノンの練習曲に飽きていた私に楽しい練習曲も作って下さった。

青葉祭に行ってみたいが、子どもは駄目なのだ。そこでお姉様はミニコンサートを開いた。お姉様の素晴らしい新曲と、私とヘンリーの童謡だ。お父様も嬉しそうだ。

私の九歳の誕生日、お姉様は素晴らしいケーキを焼いて下さった。真っ白なケーキの上に赤い苺が飾ってある。そして蠟燭が一本灯してある。私はこんなケーキを見たことがない。

「さあ、ナシウス、お願い事をしながら蠟燭の火を消すのよ」

お姉様が何を言っているのかわからない。

「王宮学園の女子の間で流行《はや》っているのよ。さぁ、吹き消して！」

そうなのですね！　願い事は決まっている。『家族全員が健康で過ごせますように！』と願いながら、フーッと吹き消した。

パチパチ、お姉様が拍手したら、ヘンリー、父親、そしてメアリー、ワイヤット、エバ、ジョージも拍手してくれた。嬉しい！

「お姉様、こんな誕生日初めてです」

お姉様にキスをした。この頃、少し子どもっぽい気がして、キスは挨拶の時だけにしていたけど、こんな時はキスしたい。

私とヘンリーは夏休みを楽しみにしていた。大好きなお姉様と一緒に過ごせるからだ。

でも、お姉様はマーガレット王女の側仕えとして夏の離宮に招待された。ガッカリだけど、お父様はとても名誉なことだと言われるので、我慢しなくてはいけない。

お姉様の付き添いでメアリーがいなくなった。でも、下男のジョージの見習いにマシューが雇われた。マシューは裏庭の畑仕事をしている。温室の管理はジョージだ。あそこでは高く売れる野菜を作っているから見習いのマシューは入れない。マシューはまだ若いし、私たちにも畑仕事を手伝わせてくれた。午前中はお父様と勉強し、午後からはジョージと剣の稽古やマシューの畑仕事を手伝う。こうしてお姉様の留守に耐えた。


お姉様が夏の離宮から帰ってこられた。

「お姉様、お帰りなさい」とヘンリーと駆け寄る。

「ただいま」とお姉様に抱き締められた。

「二人にお土産があるのよ」

とても綺麗な貝殻をもらった。私は海を見たことがない。

「お姉様、図鑑で調べます」

こんな貝殻が海岸には落ちているのだ。

「この貝殻、格好良いですね」

ヘンリーは白の刺がついた巻貝の貝殻を持って走り回っている。こけるなよ！

「私たち、マシューを手伝ってトマトやナスを採ったんです」

お姉様はマシューを知らなかった。驚いたみたいだ。でも、すぐに慣れるよね。

残りの夏休みは一緒に過ごした。

「お姉様がいると、美味しいものが食べられるね」

ヘンリーはお姉様がエバに作らせるお菓子や柔らかなパンに夢中だ。可愛いな。ヘンリーは未だグレンジャー家の問題には気づいてない。お姉様が部屋でティーセットに絵を描いているのも趣味だと思っているのだ。

私はグレンジャー家の嫡男だ。お姉様だけに苦労はさせられない。でも、マシューの畑仕事を手伝う以外は、何もできないのだ。せめて飛び級して早く働きたいな。

秋学期になり、またお姉様が寮に行かれた。でも、何故か前ほどは悲しくない。お姉様には王立学園で楽しく学んでほしいからだ。

家にいると貧乏なグレンジャー家の為に忙しくされている。お姉様も一〇歳なのに。そうだ、もうすぐ一一歳になられる。そしてヘンリーも七歳になる。何かしてあげたい。こんな時、お姉様みたいに生活魔法が使えたら便利なのに。感謝の気持ちを込めた手紙しかあげられない。

誕生日には二つのケーキが出た。ヘンリーのは、私の誕生日のケーキに似ていた。そしてお姉様のバースデーケーキは梨のタルトだった。私は梨が大好きだ。それでお姉様は作らせたのだ。嬉しい！

ヘンリーは蠟燭を吹き消すのに凄く真剣な顔をしていた。何を願ったのだろう。お姉様も願って蠟燭を吹き消したが、前から決めていたようだ。きっと家族のことだと思う。

秋になると、お姉様は薪が足りているか、保存食は十分か？　執事のワイヤットやエバに質問しているのをよく見るようになった。去年の冬は厳しかったので、心配されているのだ。私とヘンリーにも暖かなベストを編んでくれた。

冬が近づいた金曜、お姉様が王宮から帰ってきた。マーガレット王女の側仕えなので月に一、二回は王宮へ王妃様に会いに行くのだ。夏休みが終わってからはご褒美の卵などが入った籠が二つになった。

お姉様はリチャード王子が塩を作るのを手伝ったご褒美かしらと首を捻っていた。今回は大きな木の箱があった。その中には魔物の肉がいっぱい詰まっていた。いつもは冷静なワイヤットもお父様の好物だと嬉しそうだ。これがご褒美じゃないかな？　魔物の肉はとっても美味しかった。

冬になったけど、去年より暖かい。それに暖炉には火がついている。午前中はお父様に勉強を見てもらうのだが、訪問客が来ると中断する。私は王立学園の一年の数学はまだお父様に教えてもらわないと無理なのだ。仕方ないから国語を自習しておこう。

それにしてもグレンジャー家にお客様は珍しいと思っていたら、どうやら帰られたみたいだ。子ども部屋に帰ってきたお父様は少し機嫌が悪いように思えた。何があったのかな？　それは意外だがマシューが教えてくれた。マシューは叔母のエバに聞いたそうだ。

昨日のお客様はお父様のお姉様だ。私のお姉様と違って優しくないのかな？　それとも免職されたお父様を怒っておられるのかも。

お姉様はなんと中等科に飛び級された。一年で初等科を終えられたのだ。凄い！

冬休みは一緒にお姉様と過ごせるのが嬉しい。

「ハノンを教えるから応接室の暖炉に火をつけておいてね」

お姉様は、応接室が暖まるまで子ども部屋で美術の勉強をしましょうと言われた。

「絵の具の余裕があれば良いのだけれど」

家には絵の具を買う余裕はない。お姉様は悲しそうだ。お姉様が部屋でティーセットに細密画を描いておられるが、それはワイヤットが陶器工房から注文を受けて内職されているのだ。お父様はご存じないのだろうか？

「お姉様、学園での実技は美術、音楽、ダンス、魔法実技、体育なのですか？」

私は一年後に入学するので興味がある。それにお姉様みたいに飛び級したい。

「ええ、一年の美術はデッサンだけで合格です。でも、修了証書をもらうには絵の具を使いこなさないと駄目なのですよ。音楽は楽器を弾きこなせれば合格です。ダンスはリードが上手くないと合格は難しいですね。体育は馬術と剣術があるので努力が必要だわ」

私は馬術と剣術の合格は無理そうだ。

「では私は、学年飛び級はできそうにないですね」

早く卒業して働きたいのに、残念だ。

「いえ、実技は魔法実技が合格すれば、学年飛び級できますよ。魔法実技の練習の為にも早く教会で能力チェックを受けないといけませんね。お父様に話してみましょう」

お姉様がお父様に話をされたからか、私とヘンリーは教会で能力判定を受けた。私は風でヘンリーは身体強化だった。その日はお姉様がご馳走を作らせてお祝いをしてくれた。


それからはお姉様が何故か伯母様のノースコート伯爵家に行くことになり、冬休みなのに残念だと思った。でも、週に二度従姉妹のサティスフォード子爵夫人のラシーヌ様から馬術教師が派遣されるようになったし、モンテラシード伯爵夫人のアマリア伯母様から言われて従兄弟のサリエス卿が剣術指南に来られるようになった。

ヘンリーは水を得た魚のように喜んでいる。そして私も来年、王立学園で体育の時間に恥をかかなくて済みそうだ。

『もしかして、これはお姉様がノースコート伯爵家に行かれたからなのか？』

従兄弟のサミュエルが今年入学するので王立学園について教えるとお姉様は言っていらしたが、何か変だ。もしかしてサミュエルの家庭教師をされたのかもしれない。だってお姉様は凄く賢いもの。

　やっとお姉様がノースコート伯爵家から帰ってきたと思ったら、冬休みは終わった。そうだ、お姉様の留守中に馬術指南の変更があったのだ。伝えなくては！

「お姉様、乗馬教師が火曜、木曜だけでなく日曜も来てくれることになりました。お姉様も乗馬訓練が続けられますね」

「それは知りませんでしたわ」お姉様、嬉しくないのですか？

「これでお姉様も馬に乗れるようになりますね」

　ヘンリーの笑顔にお姉様も微笑まれる。

「ええ、そうですね。私だけでなくお父様にも馬に乗ってもらえば運動になると思いますわ」

　その通りだ。私はお父様の健康のことをおざなりにしていた。

「そうですね！　今度、馬術教師が来たらお誘いします」

「やったぁ！　父上と馬に乗るんだ」

　ヘンリーは無邪気に喜んでいる。

　お姉様は私とヘンリーにキスをして馬車に乗られた。

　私は馬車を見送りながら考えていた。お姉様が風邪をひかれて寝込まれてから一年経つ。教会で生活魔法を賜ってからも一年だ。どちらがきっかけなのかわからないけど、その時からグレンジャー家が少しずつ変化していったような気がする。

あとがき

『異世界に来たけど、生活魔法しか使えません2』をお手に取っていただき、ありがとうございます。作者の梨香です。

普通の日本人のＯＬがいきなり異世界の貧乏な子爵家の令嬢に転生して、半年！　マーガレット王女の側仕えにも、学園生活にも慣れ、やっと愛しい弟たちとの夏休み。と思いきや、夏の離宮に！　二巻は、夏休みから冬休みです。

本来なら、夏休みは稼ぎ時、いえ弟たちと親睦を深めながら、夏野菜を作り、冬に向けて保存食作りと、内職をしまくる予定でしたが、王妃様の命令には逆らえない。

でも、その夏の離宮で、海水から塩を作ったり、相変わらずペイシェンスはやらかしまくっています。

一巻から引き続きＨＩＲＯＫＡＺＵ様に挿絵を描いていただきました。いつも物語の世界観が広がり、とても感謝しております。

特に、今回のキャラで初出のアルバート様、素敵すぎました。あの音楽馬鹿の残念な性格なのに、美形！　でも、そのギャップが笑えますね。

そして、ナシウスとヘンリーの可愛らしさ。ペイシェンスでなくても、可愛くて、何でもしてあげたくなります。
お姉ちゃん、これからも頑張って、貧乏な子爵家を盛り立てていきます。
これまで読んで下さった皆様、これからもペイシェンス共々、よろしくお願いします。

梨香

MAG Garden NOVELS

異世界に来たけど、生活魔法しか使えません ②

発行日　2023年6月24日 初版発行

著者 梨香　イラスト HIROKAZU

発行人　保坂嘉弘

発行所　株式会社マッグガーデン
〒102-8019 東京都千代田区五番町6-2
ホーマットホライゾンビル5F
編集 TEL：03-3515-3872　FAX：03-3262-5557
営業 TEL：03-3515-3871　FAX：03-3262-3436

印刷所　株式会社広済堂ネクスト

担当編集　須田房子（シュガーフォックス）

装　幀　Pic/kel（鈴木佳成）

ISBN978-4-8000-1337-8 C0093　Printed in Japan